KB210980

# 카멜레온의 노래

미니픽션 무크지 Vol. 7

서른다섯 가지 이야기로의 초대

# 카멜레온의 노래

한국미니픽션작가회

좋은땅

| 목 차 |

## 숨터_3

## 미니픽션 프리즘 III

# 「인구소멸」 특집을 엮으며

남명희

인구소멸의 시대, 문학은 질문합니다.
아이 울음소리가 사라진 마을, 텅 빈 거리와 학교,
흔들리는 공동체 속에서
우리의 삶은 어디로 가고 있으며,
우리는 무엇을 선택할 것인가?

## ◈ 문학, 인구소멸과 마주하다

한국미니픽션작가회 회원들은 지난 11월 2일 왜관의 성
베네딕도 수도원에서 함께 숙박하며 인구소멸과 문학과의
연결점을 모색하는 세미나를 했다. 문학이 어떻게 인구소멸
문제를 탐구하고 해석할 수 있는지에 대해 심도 있게 이야기
를 나눈 소중한 시간이었다.

"인구소멸은 단지 인구구조의 변화에 머물지 않고, 개인의 소외, 관계의 변화, 미래에 대한 두려움 등 근본적인 정서를 포착하게 합니다. 이러한 측면에서 문학은 인간 중심의 담론을 만들어 갈 책임이 있습니다."

지금, 전 세계적으로 저출산 문제가 심각하다고 하지만 불과 50년 전인 60~70년대만 해도 저출산보다는 폭발적인 인구 증가로 인한 자원고갈 때문에 지구의 황폐화를 걱정하는 이야기가 많았다. 그러나 이제 인구소멸, 인구 절벽이라는 단어가 더 이상 추상이 아닌 현실이 되었다.

저출산과 고령화로 인해 인구구조가 급격히 변화하는 오늘날, 우리는 사라져 가는 지역과 붕괴하는 공동체와 마주하고 있다. 지방 소도시는 인구 감소와 경제적 침체로 인해 활력을 잃고 있다. 아이 울음소리가 끊긴 마을, 텅 빈 학교와 폐허가 된 거리, 점점 줄어드는 삶의 소리가 우리 사회 곳곳에서 현실이 되고 있다. 이러한 변화는 단지 숫자와 통계로 기록되는 차원을 넘어, 우리 일상과 정체성에 깊숙이 영향을 미치고 있다.

한국미니픽션작가회의 「인구소멸」 특집은 이러한 거대한 문제를 문학이라는 창을 통해 들여다보고자 마련되었다. 회원들이 한자리에 모여 이 주제를 탐구하고 작품으로 풀어내게 된 이유는 단순하다. 인구소멸은 더 이상 추상적인 사회현상이 아니라, 각자의 삶과 주변 풍경 속에서 피부로 느낄 수 있는 현실이기 때문이다.

인구소멸은 특정 지역의 인구가 급격히 줄어들어 사회적, 경제적 기능이 유지되지 못하는 상태로 이어진다. 주로 농촌과 지방 소도시에서 발생하며, 이는 학교, 병원, 상점 같은 사회 기반 시설의 축소와 지역 공동체를 붕괴시킨다. 이러한 변화는 우리의 일상과 정체성을 근본적으로 흔들어 놓는다.

## ◈ 인구소멸의 원인과 우리 생활에 미치는 영향

출생률이 감소하고, 새로운 세대가 충분히 태어나지 않으면 인구는 자연스럽게 줄어들게 된다. 특히, 대도시로의 인구 유출이 활발한 지역일수록 출생률이 더 낮아지는 경향이 있다. 한편 노인 인구가 많아지고, 젊은 층이 줄어들면 사망률이 출생률을 초과하게 된다. 그렇게 되면 자연적으로 인구가 감소한다.

또한 청년층이 일자리나 교육 기회를 찾아 대도시로 이동하는 인구 대도시 집중화 현상은 지방이나 중소도시의 인구가 줄어드는 주요 원인이다.

이런 과정에서 사람들은 단절과 상실을 경험하게 된다. 오랫동안 살며 정들었던 곳을 떠나야 하는 아픔, 텅 빈 거리에서 느끼는 고독, 사라지는 지역의 역사와 문화에 대한 상실감은 개인의 삶을 위태롭게 흔든다.

인구가 줄면 소비자 수가 감소하고, 이는 지역 경제의 위축을 가져와 학교, 병원, 대중교통 같은 사회 기반 시설을 유지하기 어려워진다. 더 심각한 문제는 지역 고유의 전통과 문화, 축제 등을 보존, 유지하기 어렵고, 마을 공동체의 붕괴를 가져온다는 점이다. 이런 현상이 지속되면 지역 정체성이나 국가의 지속 가능성을 위협할 수도 있다.

정부는 인구소멸 대처방안으로 출산 강화 정책이나 이민 장려 정책 등 여러 방안을 고려하고 있지만 효과는 미약하고, 당장 가시적 변화도 나타나지 않고 있다. 인구소멸 문제는 여러 복합적 원인과 요소가 얽혀 있는 만큼, 다양하고 장기적인 안목에서 접근해야 할 것이다. 지구적 차원에서의 해결 방안과 함께 지역 차원의 지속 가능한 전략이 필요하다.

한 예로 미국의 테슬라 최고경영자 일론 머스크나 아마존 창업자 제프 베이조스가 달, 화성 등 다른 행성 개발과 인구소멸 문제를 연계하는 계획을 추진하고 있는 것은 상당히 미래 지향적이며 인류의 생존과 자원을 확장하는 거시적 안목의 시도라 할 수 있다.

### ◆ 문학의 역할과 가능성

문학은 단순히 이러한 문제를 설명하거나 경고하는 것을 넘어, 변화하는 시대 속에서 인간의 정체성과 감정, 관계의 변화를 기록하고 탐구한다. 문학은 변화하는 시대 속에서 통계가 담지 못하는 인간적 목소리를 전달하고, 표면 아래 숨겨진 감정과 내면의 갈등을 드러내며, 공감과 사유의 공간을 제공한다. 아울러 작가들이 그려 낸 작품 속 풍경은 독자들에게 오늘날 우리가 놓치고 있는 삶의 본질을 되돌아보게 하며, 새로운 시각을 제공한다.

이번 「인구소멸」 특집에 동참한 작가들은 각자의 시선으로 인구소멸의 풍경을 그려 냈다. 어떤 작품은 텅 빈 마을의 한 가구를 통해 인구 감소의 생생한 현장을 보여 주고, 다른 작품은 개인의 내면을 파고들며 이러한 변화가 인간의 정체성과 삶의 의미에 어떤 영향을 미치는지 탐구한다. 또한, 미래에 대한 상상력을 발휘해 인구소멸 이후의 세계를 묘사하며,

독자들에게 새로운 가능성을 제시하는 작품도 있다. 문학은 이러한 이야기를 통해 질문한다.

"이 시대에 우리는 무엇을 놓치고 있으며, 무엇을 회복할 수 있을까?"

이 질문은 단지 작가 개인의 성찰로 끝나지 않고, 독자들이 사회 전체의 문제를 다시 바라보게 하는 계기가 될 것이다.

### ◆ 「인구소멸」 특집 독자들에게

문학은 단순히 문제를 제기하는 데 그치지 않는다. 문학은 상처받은 마음에 위로를 건네고, 공감을 통해 단절된 이들을 연결하며, 나아가 변화하게 한다. 이번 아홉 작가의 특집 작품들은 인구소멸의 문제를 단지 사회적 현상이 아닌, 현시대의 인간적 이야기로 승화시켜 새롭게 바라본 것이다.

독자들은 이 작품들을 통해 지금 우리가 직면한 현실을 이해하고, 새로운 시선과 가능성을 발견하고 함께 나아갈 길을 고민할 수 있기를 바란다. 문학은 사라져 가는 풍경 속에서도 여전히 살아 숨 쉬는 인간의 이야기를 찾아내는 힘이 있다. 인구소멸 특집이 독자 여러분과 함께 그 힘을 나누는 계기가 되기를 기대한다.

기획 인구소멸

# 사라지는
# 사람들,
# 남겨진 세상

# 고래의 귀향

김혁

약 4300만 년 전에 살았던 네 발 달린 고래 화석이 이집트 모래사막에서 발견되었다. 이 원시고래는 아직까지 학계에 알려지지 않은 새로운 종으로, 네 발로 육지를 돌아다녔으며, 육지와 바다를 넘나들면서 생활한 수륙 양용의 존재였다. 그리고 공룡이 사라진 이후, 지구상에서 최상위 포식자로 활약한 것으로 추정된다.

아주 오래전에 바다였다가 사막으로 변한 지역에서, 장구한 세월 동안 모래 속에 파묻혀 있다가 발견된 이 화석은, 고래의 조상 동물과 현생 고래를 잇는 원시고래의 원형을 잘 보존하고 있어서, 화석의 공백 기간을 채우는 데 결정적인 역할을 할 것으로 보인다.

발굴 팀장인 영국의 유명한 생물학자 J 박사는 흥분을 감추지 못하고 밤늦게까지 보고서를 작성하다가 설핏 잠이 들었다. 잠속에서 그는 아주 진기한 꿈을 꾸었다. 원시고래와 스핑크스가 천연덕스럽게 대화를 나누는 꿈이었다.

- 드디어 그대의 정체가 백일하에 드러나는군, 정말 축하하오!

오랜 세월 동안 피라미드 앞을 지키고 있는 스핑크스가 닳아 없어진 얼굴로 보일 듯 말 듯한 미소를 지으며 말했다.

- 축하는 개뿔! 그냥 영원히 잠들고 싶었는데, 마음대로 안되네. 이 세상에 영원한 비밀은 없나 보오, 흘흘흘!

너무 오랫동안 사막에 묻혀 있었던 까닭인지, 원시고래가 밭은기침을 연신 해 댔다.

- 근데 아무리 생각해도 이상하오.

스핑크스가 고개를 갸우뚱거리며 물었다.

- 뭐가 말이오?

원시고래가 심드렁하게 받았다.

- 다들 바다에서 나온 뒤로 육지에서 살아남으려고 애를 썼는데, 유독 그대의 후손들만 바다로 다시 돌아간 이유가 뭐냔 말이오.

- 떠나온 고향에 대한 애틋한 그리움 때문이었다고 하면

너무 세상 물정을 모른다고 비웃음을 살 테고, 다 먹고살자고 그랬던 거겠지, 흘흘흘!

- 아니, 땅과 바다를 두루 누비며 잘 먹고 잘 살았을 텐데, 먹고살기가 어려워서 그런 선택을 했다는 게 잘 이해가 가지 않소, 그려!

- 그게 바로 함정이었단 말이오, 흘흘흘! 땅과 바다를 누비며 최상위 포식자로 사는 것이, 겉으로 보기에는 아주 멋지고 좋아 보여도, 사실은 엄청 힘들고 고달팠다오.

- 그래서 다들 살다가 힘들면 그렇게 하듯이, 엄마 품처럼 편안한 바다를 선택한 것이다?

- 물론 그런 면도 강하게 작용했지만, 사실은 더 크고 심각한 이유가 있었다오, 흘흘흘!

- 오, 그게 뭐요?

- 이 얘기를 해야 하나, 말아야 하나, 흘흘흘!

원시고래가 한동안 밭은기침을 해대며 뜸을 들였다.

- 제발 얘기 좀 해 주오. 궁금해서 미칠 것 같소, 그려!

스핑크스가 몹시 애가 단 표정으로 졸랐다.

- 당신이 그리 애원하니 말하리다. 믿기지 않겠지만, 지구의 평화를 지키기 위한 고독한 결단이었소.

- 지구의 평화?

- 그렇소. 오랜 세월 동안 바다에서 살다가 죽을힘을 다해서 겨우 땅으로 나왔는데, 다시 거기로 돌아가는 건 정말 미친 짓이었지. 하지만 육지와 바다를 오가며 살아 보니, 바다가 훨씬 더 평화롭고 좋더란 말이오, 흘흘흘!

- 바닷속 세상도 살기가 그리 만만치는 않았을 텐데?

- 물론 거기도 먹고 먹히는 경쟁에서 완전히 벗어날 수는 없었소. 하지만 육지에서처럼 그렇게 잔인하고 비정하고 처절하지는 않았지, 흘흘흘!

- 그건 또 어째서요?

- 거기가 생명의 고향이라서 그런지는 몰라도, 바닷속에 사는 것들은 크건 작건 다 같이 하나라는 느낌으로 순응하며 살아가는데, 육지에 사는 것들은 그런 게 전혀 없고, 각자 생긴 대로 천방지축으로 살아가더란 말이오, 흘흘흘!

- 오, 그렇다면 물과 공기의 차이가 그토록 크다는 얘기요?

- 그렇소. 나도 자세한 이유는 모르지만, 일단 허파에 바람이 들어가면 다들 지멋대로 이상하게 변해 가는 것 같소, 흘흘흘!

- 그대와 그대의 후손들도 허파로 숨을 쉬고 있잖소?

- 맞소. 하지만 우린 육지에서 벌어지고 있는 끔찍한 일들이 후대로 내려갈수록 점점 더 심해질 것 같아서, 아예 바다

를 터전으로 삼고 살아가기로 작정한 거요, 흘흘흘!

  - 오, 그 말이 정말 맞는가 보오. 인간이라는 이상한 동물이 등장한 이후, 이 지구상에서 벌어지고 있는 크고 작은 전쟁과 환경 파괴와 오염 등을 생각하면, 너무나 끔찍해서 차마 눈 뜨고 못 볼 지경이오.

  - 내 말이 그 말이오, 흘흘흘!

  - 아니, 까마득한 옛날에 벌써 이런 사태를 예견했단 말이오?

  - 예견했다기보다는 본능적으로 막연하게 불안감을 느꼈는데, 그런 예감이 불행하게도 들어맞은 거지요, 흘흘흘!

  - 오, 그대의 후손들은 어찌 그런 고독하고도 현명한 결정을 감행했던 게요? 참으로 존경스럽소.

  - 존경은 개뿔! 그저 더 나은 환경에서, 조금이라도 더 안전하게 살고자 하는 생존 본능에 충실했을 뿐이라오.

  - 아니, 그렇지 않소. 뭔가 탁월한 예지력이나 영성 같은 게 느껴지오.

  - 아, 물론 우리가 평화롭게 살고자 하는 바람이 다른 것들보다 조금 더 강했던 건 사실이오, 흘흘흘!

  - 지구의 평화를 위해 그토록 대단한 결정을 했는데, 결국 이렇게 수포로 돌아갔으니, 얼마나 슬프고 원통하오?

- 그러게 말이오. 하늘도 참 무심하시지, 흘흘흘!

- 하지만 걱정하지 마오. 앞으로 그대의 후손들이 저 못된 인간들을 대신해서 지구의 주인이 될 날이 올 거요.

- 그런 건 바라지도 않고, 지구를 더 이상 망치지 말고 다들 서로 평화롭게 살기만을 바랄 뿐이오, 흘흘흘! 그나저나 당신은 피라미드 앞에서 그토록 오랜 세월 동안 무얼 그렇게 기다리고 있는 거유?

원시고래가 작정을 하고 물었다.

- 제발 묻지 말아 주오. 말하기 쑥스럽소, 휴—!

스핑크스가 먼 허공을 응시하며 장탄식을 내뱉었다.

- 새삼 부끄러울 게 뭐가 있소. 나도 솔직히 말했으니까, 그대도 다 털어놓으시오, 흘흘흘!

- 그럼 내 말해 보리다. 언젠가 하늘에서 전지전능한 권능을 가진 신이 내려와서, 이 추악하고 어지러운 세상을 싹 갈아엎고, 더 이상 병도 가난도 전쟁도 없는 지상천국을 건설한다는 예언이 실현되기를 기다리고 있소.

- 허허, 아무리 꿈이라 해도 너무나 허황되고 위험하구려, 흘흘흘!

- 맞소. 그대들의 소박한 소망에 비하면 부끄럽기 짝이 없소.

- 사실 당신 정도면 충분히 품어 볼 만한 꿈이긴 하오. 근데 저 거대한 피라미드의 진짜 정체는 뭐요?

- 우리의 간절한 소망과 믿음에 대한 증표요. 최소한 이 정도의 성의는 보여야 전지전능한 신이 관심을 좀 가지지 않겠소?

- 불쌍한 중생들을 생각하는 마음씨는 참으로 가상하나, 도저히 이루어질 수 없는 꿈이오. 안 그렇소? 흘흘흘!

- 그렇소. 이제와 생각해 보니 다 헛된 소망이었소. 지상천국은 여기 살고 있는 것들 스스로 건설해야지, 전지전능한 신이 내려온다고 해결될 문제가 아니오.

- 이제 보니 그대나 나나 바보 중의 바보구려, 흘흘흘!

- 맞소. 천하의 바보들끼리 더 얘기해 봐야 입만 아프니까, 이제 조용히 침묵합시다.

- 그럽시다, 흘흘흘!


잠에서 깨어난 J 박사는 한동안 멍한 상태로 허공을 바라보았다. 원시고래와 스핑크스의 살아 있는 모습이 눈앞에서 어른거리고, 그들의 대화가 계속 귓전을 맴돌았다. '고래는 왜 바다로 다시 돌아갔을까' 하는 점은 진화 역사상 최대 미스터리 중의 하나였다. 그동안 학자들 간에 온갖 설만 분분

했지, 아직 확실한 결론은 나지 않은 상태였다.

　- 정말로 원시고래는 묵시록적인 예감을 느꼈던 것일까?

　J 교수는 심란한 마음을 달래려고 가지고 온 잡지를 뒤적거렸다. 그때, 싸우스 코리아의 인구소멸에 대한 특집 기사가 눈에 들어왔다. 흥미롭게 읽는 중에, 평소 친분이 있는 최재천 교수의 독특한 견해도 실려 있었다.


　싸우스 코리아의 급격한 인구 감소에 대한 경고가 계속되고 있는 가운데, 이런 추세가 계속된다면 100년 후에 코리아 인구가 완전히 소멸할 것이라는 보고서가 나와서 눈길을 끌고 있다. 전쟁이나 전염병의 대유행 같은 천재지변이 아니라, 순전히 인위적인 이유로 인구가 소멸하는 것은 인류 역사상 초유의 일이라서, 많은 전문가들의 흥미로운 연구 대상이 되고 있다.

　한편 세계적인 동물학자인 최재천 교수는 한 언론과의 인터뷰에서 "한국인들은 매우 영리하고 각자도생에 능하므로 그들의 행동 양태에 예의 주시할 필요가 있다. 어쩌면 그들은 점차 심각해져 가는 기후 위기와 환경오염 그리고 AI의 본격적인 등장으로 급격하게 악화할 미래 환경에 맞게 적응하는 중이며, 새로운 진화의 모델을 제시하고 있는지도 모른다.”고 주장하였다. 과연 그의 말이 맞을지 틀릴지는 앞으로 오랫동안 지켜보아야 할 것 같다.

**김혁**

1983년 《한국일보》 신춘문예에 단편 소설 「길고 긴 노래」로 등단
장편 소설 『장미와 들쥐』 『지독한 사랑』 『누가 울어』 외

# 그녀가 온 후

## 남명희

 

 

 

틈틈이 세간을 정리하며 이사 갈 준비를 했다. 마을버스마저 승객이 없어 멈춰 서면서 파트타임 기사 자리를 잃었다. 도시로 떠난 젊은이들처럼 나도 새 일을 찾아 떠날 참이었다.

마지막으로 옷장을 정리했다. 버릴 옷가지들은 대부분 아내의 것이었다. 태양은 이제 막 붉은 노을을 남기고 산등성이로 스러지고 있었다. 삐그덕, 대문 여는 소리가 들리고, 그녀가 들어왔다.

"수현아, 이게 몇 년 만이야?"

하우스 영농을 하는 그녀의 아버지는 동네에서 소문난 부자였다. 그녀가 여섯 살쯤, 부모의 이혼으로 늘 우리 집에서 놀았다. 그녀는 자기를 미워하는 새엄마가 무섭다고 했다. 초등학교도 같은 학교에 다니면서 나를 친오빠처럼 따랐다. 고등학교에 진학한 어느 날, 그녀는 학교를 그만두고 사라졌다.

"언제 왔어?"

"오후에. 예전에 살던 집에 가 보았어. 집 정리하는 동안 오빠 집에서 며칠 묵었으면 하는데, 괜찮겠어?"

"괜찮고말고. 비어 있던 집이라 스산할 텐데, 너만 좋다면 우리 집에 와 살아도 좋아."

"오빠 결혼했잖아. 언니가 불편할 텐데."

아내가 죽었다는 내 말에 그녀는 침묵했다.

"나…, 떠나려고 해."

"어디로?"

"딱히 작정한 곳은 없어. 일자리를 찾아 어딘가로 가야 할 것 같아서…."

우리는 마루에 걸터앉아 노을을 바라보았다.

아이들 방으로 쓰려던 건넌방에 그녀의 잠자리를 마련해 주었다. 나는 날이 밝는 대로 수현네가 살던 집을 보러 갈 생각을 했다.

아침에 일어나보니 건넌방은 비어 있었다. 그녀는 새벽에 옛집에 간 모양이었다. 벽에 붙여 놓은 싱글 침대 옆에 남색 캐리어가 반쯤 열린 채 누워 있다. 침대 위에 아무렇게나 벗어 놓은 그녀의 잠옷을 보는 순간, 아내의 얼굴이 떠올랐다. 아내는 곧잘 잠옷을 침대에 던져 놓았다.

아내는 첫 아이를 낳다 죽었다. 진통이 시작된 것은 늦은 오후였다. 아내를 태우고 병원으로 달려갔다. 동네 유일한 의원급 의료 기관은 간호사 없이 늙은 의사 혼자서 진료하는 개인병원이었다. 출혈이 멈추지 않았다. 당황한 의사가 이곳 저곳 연락을 한 끝에 2시간여 만에 천안 S 대학병원에서 구급차가 왔다. 응급조치하고 수혈을 받았으나 아내는 결국 숨졌다. 아기도 아내를 따라갔다.

수현네 집 마당에 들어서는데 안방에서 뽀얀 먼지가 안개처럼 나왔다. 그녀는 벽에 붙은 먼지와 곰팡이를 빗자루로 쓸었다. 녹색 등산 바지에 노란 바람막이로 무장하고, 머리에는 비니를 눌러쓰고 고글과 방진 마스크로 얼굴을 가린 그녀는 영락없는 재난구조대원이었다. 그녀를 본 순간, 나도 모르게 웃음이 나왔다.

"수현아, 아침 먹고 해. 나도 도울게."

나는 컵라면과 빵을 가리키며 말했다.

그녀가 수건으로 어깨와 머리를 털며 왔다. 그녀는 생수 한 통을 다 마신 후에 말했다.

"오빠, 이거 장난이 아니야. 하루 이틀 만에 끝날 일이 아닌데."

"배고플 테니 얼른 먹고 어떻게 손을 봐야 할지 살펴보자. 필요한 건 내가 천안 나가서 사 올게."

우리는 식사를 마치고 집을 둘러보았다. 그녀는 동네가 폭격을 맞은 것처럼 을씨년스럽고 삭막하다며 실내 벽은 물론 문짝, 담장, 옹벽 등 집 전체를 흰색으로 밝게 꾸미겠다고 했다. 그녀는 이곳에 눌러살 작정이었다. 남들은 도시로 가는데 폐허가 된 동네로 돌아와 정착하려는 그녀가 의외였다.

수헌네 집은 제대로 지은 한옥이라 손볼 데가 없을 정도로 말짱했다. 보일러나 전기 장치 등도 쓸 만했다. 곰팡이 핀 바닥은 걷어 내고 산뜻한 색상의 타일 카펫을 사다 깔면 될 것이었다. 오후에 시내로 나가 벽지와 페인트 따위를 비롯하여 수리에 필요한 도구와 잡다한 소모품을 샀다.

다음 날, 마당과 집 안 청소부터 시작했다. 오랫동안 방치된 마당의 웃자란 잡초는 쑥대머리처럼 난잡했다. 잡초를 뽑아내고 마당의 흙도 들쭉날쭉 한 곳이 없도록 평평하게 골랐다. 썩은 벽지나 문짝의 합판 조각 따위를 떼어 냈다. 겹겹이 포개서 바른 벽지를 한 겹 한 겹 뜯어낼 때마다 흩날리는 흙먼지와 곰팡냄새는 어쩔 도리가 없었다.

누더기 같던 벽과 문짝이 세수한 듯 말끔한 속살을 드러냈다. 물먹은 화장실 문을 비롯한 목재 문짝에 페인트를 칠했다. 그러기 위해 먼저 빠데를 발라 나갔다. 한 번 바르고 나면 온몸의 힘이 다 빠져나간 느낌이었다. 두 손으로 솔 자루를 움켜잡고 문질렀다. 샌딩 처리는 힘들었다. 사포질 한 번 하고 나면 기운이 쭉 빠졌다. 세 번에 걸친 빠데 바르기와 사포질, 페인트칠까지 끝내고 나니 새집처럼 변했다.

보름 만에 집수리가 끝났다. 폐가처럼 지저분하고 음습해 보이던 집이 말끔하게 바뀌었다.

"오빠, 축하주 한잔해."

그녀는 도와줘서 고맙다고 했다. 잘생긴 얼굴은 아니었지만, 생활력 강한 여성에게서 풍기는 신비한 기운이 있었다.

그녀는 왼쪽 가슴에 붉은 장미꽃 브로치를 단 하얀 원피스를 입었는데, 막 결혼식장에 들어서는 신부 같았다. 순백 원피스는 앞가슴이 깊게 파여 가슴이 드러날 듯 아슬아슬했다. 그녀의 변신에 나는 어디에 눈을 둘지 몰랐다.

"기쁜 날 입으려고 산 거야. 흰색 레이스 원피스! 좋은 옷 한번 입고 싶어서 백화점 명품 코너에서 샀어."

그녀는 한 바퀴 빙그르르 돌아 보였다.

그녀는 부엌에서 두 개의 글라스와 오이와 막걸리가 놓인 쟁반을 들고 왔다. 미리 준비해 둔 모양이었다.

그녀는 글라스를 치켜들고 단숨에 잔을 비웠다. 오이를 반으로 잘라 나에게 주고, 와삭와삭 소리를 내며 오이를 씹던 그녀가 울음을 터뜨렸다.

"수현아, 왜 그래?"

"기뻐서 눈물이 나."

"기쁘면 웃어야지. 바보처럼 울긴."

그녀는 소리 내어 울며 내 가슴에 얼굴을 묻었다. 나는 그녀의 등을 가볍게 토닥였다.

"서울 생활이 떠올라 울컥하는 바람에…. 눈물을 보여 미안해."

"너 일 아주 잘 하더라. 서울 얘기 좀 들어 보자."

"오빠도 알잖아. 새엄마가 날 미워해서 가출한 거 말이야."

"그래. 네 마음 알지."

"욱하는 기분에 뛰쳐나오긴 했지만 먹고 자는 게 문제였어. 급한 김에 숙식만이라도 해결할 수 있는 한식당 서빙 일부터 시작했지. 조금씩 생활이 안정되면서 주유소 주유 총잡이, 골프장 캐디, 모텔 룸메이드 등 돈 되는 일이면 무슨 일이든 닥치는 대로 했어. 그러다 보니 애인 하나 없이 노처녀가 돼 버렸어."

그녀의 신산한 삶이 안쓰러워 위로의 말이라도 해 주고 싶었다.

"돈을 모으게 된 건 택배 사업을 하면서야."

"택배를? 네가 서울에서 그 위험하고 힘든 일을?"

"아버지는 내가 아들보다 듬직한 딸이라며 오토바이 타기를 가르쳐 주셨어. 시내에 볼일이 생기면 심부름 보내는 거야. 그때 익힌 오토바이 실력이 사업재산이 될 줄 몰랐어. 이런저런 알바를 하며 모은 돈으로 크고 힘이 좋은 스쿠터를 샀어. 퀵서비스 업체의 화물을 받아 배송하는 프리랜서 일부터 시작했어. 늦은 밤까지 일하고 서너 시간 눈을 붙인 다음 새벽에 일어나 무거운 몸을 끌고 일을 해야 하는 생활의 반복이었어. 그러다 고향 집이 떠오른 거야. 언젠가 서울에서 아버지를 한 번 만난 적이 있는데 시골집을 내 이름으로 바꿔 놓았으니 언제든 가서 살라고 했어."

"잘 생각했어. 맘껏 하고 싶은 일 하며 편히 살아 봐."

"여기가 오빠 고향 아니야?"

"내가 태어나고 자란 곳이지."

"왜 떠나려는 거야? 우리라도 여기서 살고 있어야 고향을 떠난 사람들이 오지 않겠어? 나 솔직히 오빠 없었으면 돌아올 엄두도 내지 못했을 거야."

발그레 취기 오른 그녀는 가슴의 붉은 장미 브로치처럼 아름다웠다. 하얀 원피스는 로맨틱한 분위기가 풍겼다. 그녀에게서는 방황과 아픔의 세월을 이겨 낸 자의 여유와 농익은 여인의 냄새가 났다. 그녀라면 여기 생활을 다시 시작할 수 있을 것도 같았다. 나는 아기를 안고 있는 그녀와 마주 앉아 저녁을 먹는 생각을 했다.

마당 가득 내려앉은 4월의 햇살은 화사하고 따사롭다. 담쟁이가 갓난아기 손처럼 어린 잎을 내밀며 담벼락을 연초록으로 물들이고 있었다.

**남명희**

2014년 《문학나무》에 「이콘을 찾아서」로 등단
2014년, 2015년 《경북일보》 문학대전 수상
소설집 『자밀』, 미니픽션집 『당신은 GPS로 추적을 받고 있습니다』

# 노아와 아가맘

김의규

"아악-!"

늦은 밤 여인의 날카로운 비명이 아파트의 정렬된 공기를 가르는 소리가 났다. 다음날 강의 자료를 늦도록 정리하던 이웃의 성형외과전문의 김 교수는 직업적 본능의 감각으로 통증을 느꼈다. 그 소리에 몇몇 집의 불빛이 또한 켜졌다가 다시 꺼졌다.

그녀는 독신주의자다. 여자는 아이를 낳는 기계가 아니고, 또 아기를 만드는 공장도 아니다. 남은 뭐라 해도 그녀 자신은 그러했고 무릇 현대의 많은 여성은 그래야 한다고 생각했다. 그리고 그녀는 성공한 커리어 우먼으로서, 또한 골드 미스로서 큰 자부심과 긍지를 갖고 있는 터였다. 한 개인의 존중받아야 할 권리와 선택을 인습에 의해 무시당하는 사회에

대한 강한 거부감의 표시로나마 그녀의 독신론은 더욱 강고
해졌다.

그러던 어느 날부터 그녀는 크게 흔들렸다. 자신의 견고
한 확신과 의지에도 불구하고 그녀 신체에 이상이 감지된 이
후로 마음마저 크게 요동치는 자신을 발견한 것이다. 그것은
바로 옆집에 신혼부부와 갓난아이가 이사 온 뒤부터의 일이
었다.

아기의 울음소리, 옹알이, 아기 엄마의 자장가 소리로부터
그녀는 마음의 이상 변화를 느꼈다. 그런 현상이 나날이 심
해져 이젠 아기와 어린애만 봐도 가슴이 부푸는 듯한 느낌을
가졌고, 또 실제로 브래지어의 압박감도 느꼈다. 요즘은 집
안 화분의 꽃봉오리만 봐도 얼굴이 달아오르며 젖꼭지가 간
지럽기조차 했다. 그럴 때면 그녀는 샤워실에서 샤워를 하며
몸을 식히고 달랬다. 그래도 가라앉지 않으면 아예 간지러
운 제 젖꼭지를 비틀어 꼬집거나 긁기도 했지만 그럴수록 야
릇한 희열과 함께 젖꼭지는 진분홍빛 작은 루비로망 포도알
만큼 더 커져서 찬물로 몸을 시리도록 씻고야 겨우 진정되는
자기를 되찾을 수 있었다.

어느 날 그녀는 습관적으로 인터넷을 열어 살피던 중 한
광고에서 눈길을 뗄 수 없었다. 그것은 AI 아기에 관한 광고

였다. 여러 인종의 아기 종류, 딸, 아들 그리고 매우 적은 유지비 0~3세까지의 인공지능. 다만 초기 구매 가격이 좀 비싼 게 마음에 걸렸으나 AI 아기나마 가져 봤으면 하는 마음에서 좀처럼 자유로울 수가 없었다.

특히 광고 문안에 예비 부모를 위한 육아 지침용이란 말에 마음이 더욱 흔들렸다. 결국 그녀는 노랑머리에 파란 눈을 가진 AI 아기를 구입했고, 로봇 아기란 뜻으로 '노아'로 불렀는데 딸이 아닌 아들을 선택했다. 노아는 실제 아기보다 더 귀엽고 아름다웠으며 젖을 물려야 할 때를 알리는 울음 말고는 늘 웃고 옹알이를 하며 실제 아기처럼 굴었다. 아기를 오랜 시간 재우기 위해서는 손 팔찌의 알람시계를 맞춰 놓으면 그 시간만큼 자고 깨어 울음으로 아침에 일어나는 시간을 지킬 수 있는 그러한 실용적 특장점도 갖추고 있어서 더욱 편리성을 도모한 제품인 것이다.

그녀는 노아와 생활 패턴을 맞춰 생활하는 것에 매우 만족했다. 그녀가 책을 읽거나 재택근무를 할 때, 노아는 울지 않고 작은 새처럼 옹알이로 노래를 하여 그녀의 귀와 마음을 행복하게 해 줬다. 또한 젖을 물려 할 때면 작은 소리로 "맘마, 맘마." 하며 보채어 젖을 물리는데 토끼의 혀보다 더 보드랍고 따뜻한 실리콘 재질의 혀는 그녀의 젖꼭지를 간지럽혀 실제 젖이 나오도록까지 했다. 그녀의 가슴은 젖으로 부풀어 더욱 여성성이 도드라졌다. 정기적으로 젖을 빼내지 않으면 젖이 흘러나와 속옷이 젖었으나 이상하게도 그것이 그녀를 더 기쁘게 했다.

노아는 영원히 늙지 않는 아기이다. 다만 제품 유효기간이 3년이기에 다시 리셋 하고 애프터서비스를 받아야만 했다. 만일 제품 아기가 고장 난다면, 예를 들어 떨어뜨려 부서지거나 찢기는 등의 물리적 손상을 입힌다면 수리비로 거의 새것의 값을 치러야 하기에 비싼 생명수리보험을 들어야만 했다.

2년간의 행복한 아기 돌봄의 시간이 지나자 노아는 점점 젖을 보채는 때가 뜸해지기 시작했으나 한 번에 젖을 빠는 시간이 많아졌고 젖을 빠는 양도 많아졌다. 그것은 노아의 몸속 젖병에 모아지는 양을 보고 알았으며 빠는 힘도 젖멍울이 서도록 세어졌다. 그리고 그녀의 탄탄했던 젖이 물렁해지고 젖도 밑으로 처지기 시작해서 어쩐지 몸의 진액을 뽑아 버리는 아까움과 퍼지는 가슴에 안타까움이 날로 더해갔다.

어느 날, 그녀는 젖을 세차게 빨며 젖을 놓지 않는 노아에게 혼잣말로 중얼거렸다. "아가야, 너도 이젠 다른 아기들처럼 젖 뗄 때가 되지 않았니? 너 언제까지 애기니?"

그렇게 제 혼잣말을 들은 그녀는 흠칫 자신에 대해서 놀랐다. 아직도 노랑 금발에 파란 눈의 아기가 예쁘기만 한데 마음 한구석 다른 마음이 들기 시작한 자신이 싫어진 것이다. 더군다나 요즘 들어선 노아의 젖 빠는 세기가 너무 세고, 잇몸으로 깨무는 짓도 하여 젖꼭지가 헐어 붓고 심지어 까맣게 타들어 가는 것을 발견했다. 급기야 헐어 부은 젖꼭지에서 피가 섞여 나오고 노아의 피 묻은 입으로 방글방글 웃는 얼굴을 본 그녀는 "아악-!" 하고 외친 뒤 다시 중얼거렸다.

"아, 이게 아닌데. 이게 아닌데…."

다음 날 그녀는 노아의 배터리 충전 코드를 뽑아냈다. 노아가 어찌 알았는지 큰 소리로 앙앙 울어 대다가 점차 그 소리가 작아졌다. 그리고 잠자듯 눈을 스르륵 감다 말았다. 반쯤 뜬 눈의 노아가 그녀를 원망하는 것처럼 보였다. 그녀는 노아의 눈을 감겼으나 다시 반쯤 뜬 눈으로 되돌아오자 그녀는 손수건으로 노아의 얼굴을 가리고 담요로 노아의 몸을 돌돌 말아 박스에 넣었다. 테이프로 박스를 밀봉한 뒤 그것을 옷장 속에 밀어 넣었다. 그녀는 샤워실에 들어가 핏물이 든 셔츠를 세탁기에 넣은 뒤 따뜻한 물을 욕조에 채우고 들어가 누워 중얼거렸다.

"아니었어, 이게 아니었어…. 그것도 아니었어…."

**김의규**

시인, 화가. 2022년 제5회 윤동주 신인상 수상
하이브리드 시화집 『그러니까 아프지마』 『그녀의 꽃』 『양들의 낙원
늑대 벌판 한가운데 있다』, 철학동화집 『돌이 나르샤』 외

# 뉴스와 별세계

윤신숙

인구소멸 프로젝트를 맡은 연출가 S는 어떻게 기획을 할 것인가 고민했다. 첫째는 실제 자연재해로 인한 뉴스 관련 이야기를 모아서 유튜브로 만들었다. 2023년 소멸 관련 기사 내용을 공연한 뒤 그것을 유튜브 영상으로 제작했다. 연출가 는 무대 화면에 기사를 띄우고 참석한 관객에게 낭독을 하게 했다. 실제 뉴스에 나왔던 영상도 삽입했다.

가뭄이 불붙이고, 태풍이 부채질… 지상낙원이 잿더미로

산불 발생 이틀째인 9일(현지 시각) 미국 하와이주 마우이 섬 일대가 잿더미로 된 모습. 마을 곳곳에서 연기가 피어오르 고 있다. 이후 허리케인 '도라' 영향으로 불씨가 마우이섬 전 역으로 번져 화재가 확산. 가뭄이 산불의 원인. 최소 36명이 목숨을 잃는 등 이번 화재는 대규모 재난으로 번지고 있다.

(2023년 8월 11일 금요일, 사진 설명 기사)

하와이 왕국의 수도 80% 불타… 바다에 뛰어든 사람 대부
분 숨져

건물 1,700여 채 잿더미로 변하고 유서 깊은 문화재도 대부
분 소실. 방파제 시신들 아직도 떠 있어. 사망자 63년 전 쓰
나미 넘어설 듯. 마우이섬 교민 500여 명 집도 일터도 잃어.
(2023년 8월 12일 토요일)

실종자 수백 명… 늘어나는 시신, 안치할 곳도 없다

여의도 3배 면적 불타. 7조 원 피해. 911 전화 먹통. 경고
사이렌도 안 울렸다…. 하와이 참사는 인재. (2023년 8월 14
일 월요일)

120년 만의 대지진, 모로코 마라케시(신의 땅) 옛 시가지
붉은 벽돌집 와르르…

모두 잠든 밤, 규모 6.8 강진에 천년고도가 무너졌다. 최소
2,012명 사망. 중상자도 1,400명 넘어. 세계문화유산도 손상….
"지진이 흔든 20초에 모든 게 사라졌다." (2023년 9월 11일
월요일)

리비아 대홍수 사망자 6,000명 넘었다… 기후 변화에 정치 혼란 겹쳐 '治水 실패 종합판'

사막의 나라 리바아 두 댐 붕괴로 대참사. 10만 명 도시 16,000여 명 사망 실종. (2023년 9월 14일 목요일)


하마스 이스라엘 기습 공격… 화마에 휩싸인 가자지구

하마스, 미사일 5,000발 퍼붓고 장벽 넘어가 민간인까지 납치. 이스라엘, 전투기 보복 공습. 이틀 만에 양측 사상자 4,700여 명. 신 중동전쟁 확산 우려. (2023년 10월 9일 월요일)


보복이 더 잔혹한 보복을 불렀다

10일(현지 시각) 팔레스타인 가자지구 내 최대 도시인 가자시티 중심가가 이스라엘 공습으로 폐허로 변해 있다. 지난 7일 이스라엘을 기습 공격해 민간인을 잔혹하게 살상한 하마스의 만행에 대한 규탄의 목소리와 일각에서는 극우 민족주의 정책으로 팔레스타인 측을 자극해 온 이스라엘 정부에 대한 비판도 나오고 있다. (2023년 10월 12일 목요일)


인터미션

(관중들이 휴식하는 동안 영상 화면에 냉동인간 기사가 뜬다.)

냉동인간, 영하 196도 액체 질소로 급속 냉동… 50명 동면

혈액 대신 부패 막는 동결 방지제 넣어. 피 뽑고 얼렸다가 뇌 손상 없이 녹여야. '인간 동면'은 우주여행에도 필요해요. (2023년 8월 15일 화요일)

(이어서 화면에는 냉동인간이 되는 과정이 영상으로 나온다.)

서울 은행(銀杏)들이 다 털렸다

거리에서 은행 열매 악취 사라져. 집게 모양의 진동 수확기가 달린 굴삭기로 나무를 잡아 1분에 800번 흔들어 탈탈탈 열매를 떨어뜨렸다. (2023년 10월 14일 토요일)

핼러윈 문화 싹 증발

국내 핼러윈 문화 확산의 첨병이었던 영어 유치원부터 놀이공원까지, 오는 10월 31일 핼러윈 데이를 전후한 이벤트가 싹 증발했다. 롯데월드, 에버랜드 등 매년 대규모 축제를 벌였던 테마파크들은 일제히 핼러윈을 걷어 냈다. (2023년 10월 14일 토요일)

### 전보, 역사 속으로 '전보'

내달 15일(2023년 12월 15일) 138년 만에 서비스 종료. 휴대전화가 보급되며 점점 사라져. 그때 그 시절의 '카카오톡' 100여 년 전 송신비가 40만 원. 학원서 타자기술 가르치기도. 글자 수 많을수록 요금 비싸. '조부위독급래' 등 줄임말 사용

### 국가 소멸 위기

대한민국에서 작년에 출생한 아이는 25만 명이다. 이중 절반인 여성이 앞으로 모두 아이를 낳는다고 해도 한 해 출생아는 12만 5,000명이다. 하지만 지금의 추세 70%를 반영한다면 그 숫자는 약 9만 명으로 줄어든다. 몇 세대 후에는 국가 소멸이 염려될 정도이다. (2023년 12월 12일 화요일, 소설가 K)

### '소멸의 강' 갠지스

인도인에게 갠지스강은 신성한 강으로 실제로 다양한 순례자들이 이곳에서 몸을 씻는다. 산 자든 죽은 자든 갠지스강 물에 닿으면 모든 죄가 사라져 윤회하지 않는다고 믿기 때문이다. 영국 작가 제프 다이어의 소설 〈베니스의 제프, 바

라나시에서 죽다〉에서 주인공은 갠지스강을 '소멸의 강'이라고 표현했다. (2023년 12월 22일 금요일)

## 2023년 별세계로 간 사람들

장애인이동봉사대 한벗 초대회장 최준수 목사, 김남조 시인, 바이올린의 대모 김남윤, 2020년 노벨문학상 수상자 루이즈 글릭, 〈참을 수 없는 존재의 가벼움〉의 밀란 쿤데라, '향수'를 부른 국민 터네 박인수, 배우 윤정희. 일본의 양심이었던 노벨문학상 수상 작가 오에 겐자부로, 일본의 음악 거장 사카모토 류이치, 50년 일기를 공개한 단색화(單色畵) 거장 박서보, 박카스의 아버지 강신호, 드라마 〈나의 아저씨〉로 감동을 준 배우 이선균(2023년 12월 30일 토요일)··· 그리고 연출가와 인연이 깊었던 조*현 님이 크리스마스 이브에 떠났다.

둘째, 소멸 뉴스에 대한 대안으로 연출가는 생명을 어떻게 이을 것인가에 대해 고심했다. 그는 천국에 머문 영혼에게 직접 전하기 어려운 소멸 상황을 이승과 저승의 다리처럼 놓여 있는 코마 상태 환자들 영혼을 빌려 천국에 보냈다. 그날은 2023년 12월 30일로 신비하게도 하염없이 눈이 내렸다.

천상의 고인들은 코마 상태 환자들이 전해 준 연출가 영상물을 보며 남의 일인 듯 담담하게 회고했다.

'아, 그러고 보니 내가 지상 세계에서 연극배우로 살았었구나. 내게 주어진 배역을 마치고 지상에서 보았던 최인호의 〈겨울 나그네〉 주인공처럼 마지막에는 눈 내리는 숲으로 사라지듯 퇴장한 것이었구나. 그때는 〈겨울 나그네〉 주인공이 내 삶과는 별개인 소설 속에서만 끝나는 인생인 줄 알았었는데.'라고 읊조렸다. 그들은 지상의 뉴스와 사연들을 보고 잠에서 깨듯 일어났다.

연출가는 코마 상태 환자들로부터 천상의 소식을 기적처럼 감지했다. 세상에 등장하여 일생을 살다 퇴장한 생명들이 죽지 않고 떠돌다 유튜브 영상을 보고 잠에서 깨어나듯 2024년 11월 27일과 28일에 쏟아진, 117년 만의 폭설이 생명의 씨앗을 안고 내려왔음을.

연출가는 엔딩 인사말을 남겼다.

"코마 상태인 환자들께서 이승 사연을 천상에 연결해 주셔서 감사합니다. 그 화답으로 눈보라 님이 눈 뜬 영혼들을 실어 내려 주셔서 감사합니다. 곧… 아기들 합창이 지상에 울

릴 것입니다. 우리가 알 수 없는 변화에 변화, 새로운 변화를
거듭하여 생성과 소멸이 이름일 뿐인 것처럼."

**윤신숙**

2007년 《한국산문》「클래식 기타와의 여행」으로 등단
2020년 양천문학상 수상, 극단 '날좀보소' 단원
무크지 《미니픽션》에 「가현리 754-1」「혼란」「유빙」 등 발표

# 새 생명 프로젝트

조데레사

임신리는 전국에서 출산율이 가장 높은 작은 농촌 중 하나
였다.

3년 전 내가 이 마을에 오게 된 데는 제일 먼저 유부남이
아니라는 이유와 가족과 연고가 없다는 점, 정력이 강하다는
점, 그리고 아마도 약간의 범죄 경력을 가지고 있어서인 듯
했다. 임신리에서의 생활은 조금 무료한 시간을 빼고는 나
에겐 그럭저럭 지내기에 딱 좋았다. 무상으로 제공받은 집
이 있었고, 공동 취사장에서 식사가 가능했으며, 20분 거리
엔 푸르른 바다가 있었다. 마을을 둘러싸고 있는 둥그런 숲
은 숨 막힐 것 같은 이 마을에 싱그러운 공기를 날마다 날라
다 주곤 했다.

이 마을의 정확한 인구는 알 수 없었으나 매일 태어나는
출생아의 숫자는 주민 모두가 알고 있었다. 마을회관, 마당

한가운데 높다란 전광판에는 그날의 오존농도라든가 또는 미세먼지의 양 대신 마을에서 태어나는 신생아의 숫자가 매일매일 기록되었기 때문이었다. 더불어 어느 집이든 임신 사실이 알려지면 마을은 온통 축제 분위기에 휩싸이곤 했다. 임산부는 어느 곳에서든 최고의 대우를 받았으며 아기를 출산할 때까지 모든 특권을 누릴 수 있었다. 다만, 임신리에 한 번 이주하면 일정한 조건을 충족시킬 때까지는 마을 밖으로 나갈 수 없었다. 그들의 선택에는 욕망을 품은 큰 용기가 필요했다.

임신리 사람들은 주로 포도 농사를 지으며 생활했기 때문에 포도가 익는 7, 8월이면 마을은 온통 달콤한 포도 향기로 가득 차곤 했다. 남해의 해풍과 지중해의 태양을 닮은 따가운 햇볕은 크고 탱글탱글한 포도 알갱이를 키워 내기에 충분했다. 가을이 되면 마을 주민들은 함께 포도를 수확해서 포도주를 담갔다. 이 품질 좋은 포도주는 마을 사람들의 주요 수입원이기도 했다. 또한 이맘때쯤이면 집집마다 사랑의 열기도 뜨거워졌다.

"아, 험험…. 주민 여러분께 알립니다. 오늘 오전 10시 20분에 88호에서 사내 아기가 태어났습니다. 3.61kg 나가는 건강한 아기라고 합니다. 또한 오늘은 9년 연속 우리 마을이 대한민국 출산율 1위 마을로 대통령 표창을 받는 날이기도 해서 한마음으로다가, 모두 축하하는 의미로 저녁 7시에 마을회관에서 잔치가 있을 예정이니 한 사람도 빠짐없이 참석해 주시기 바랍니다."

임신리의 유일한 남자 노인인 이장님의 확성기 목소리였다. 이장님은 공무원 출신으로 퇴직 후, 나라사랑의 사명감 하나로 이 마을에 들어와 이장을 맡은 지 벌써 10년이 다 되어 가고 있었다. 오늘 태어난 88호의 아기는 이제 스물다섯 살이 된 동갑내기 부부의 세 번째 남자아이였다. 남자아이를 낳을 경우 마을에서 받을 수 있는 부가적인 혜택이 더 컸다. 성인이 된 후 의무적으로 군대에 보낼 수 있기 때문이다. 이 부부의 경우 산모가 첫째 아이를 출산할 당시 아직 미성년자였기에 이장님이 후견인을 자처해 아기를 낳을 수 있었다. 산모는 이 마을 최고의 시설인 보건소에서 최고의 대우를 받으며 산후조리를 할 것이다. 또한 마을에는 최고의 치안을 담당하는 경찰서와 마을 외곽에는 군 병력도 주둔해 있었다.

물론 나에게도 이곳에서 짝을 찾을 수 있는 몇 번의 기회가 있었지만, 번번이 성사되지 않았다. 오늘 점심시간에도 몇몇의 여자들이 내 곁을 지나갔지만 킥킥거리며 나를 위아래로 훑어볼 뿐 아무도 말을 걸어오지 않았다. 그럴 때마다 알 수 없는 모멸감이 치밀어 오르곤 했다. 게다가 마을 입주 조건이었던 성기능 테스트에서 기준치 이상의 정자 수와 발기 능력을 보였던 내가, 웬일인지 이 마을에 들어와서는 제대로 그 기능을 못 한다는 것이 가장 큰 문제였다. 보건소에서 처방해 준 성기능 강화제를 먹어도 좀처럼 나아질 기미가 보이지 않았다. 이대로라면 난 마을 혜택을 하나도 받지 못한 채 곧 쫓겨날 판이었다.

마을회관에서 베풀어진 88호 아기 탄생 잔치엔 마을 사람들 대부분이 참석한 듯했다. 앳된 얼굴의 아기 아빠는 수줍은 듯 사람들에게 눈도 맞추지 못한 채 축하 인사를 받고 있었다. 그동안 보이지 않았던 새로운 얼굴도 여럿 보였다. 더러는 얼굴에 칼 자욱이 있고 온몸에 문신이 있는 젊은 남자도 있었다. 그리고 역시 갓난쟁이와 더러 미취학 아동도 눈에 띄었으나 초등학교에 다닐 정도의 큰 아이들은 보이지 않았다. 사실 이 마을에 학교는 없다. 사람들은 대부분 아이 둘을 낳으면 이 숨 막힐 것 같은 마을을 떠날 수 있었는데 더 많은 혜택을 받으려고 아이 셋이나 아니, 그 이상을 낳을 때까지도 마을에 머무는 부부도 있었다. 잔치가 무르익자, 이장님의 축하 말씀이 이어졌다.

"아, 아…. 오늘 참으로 기쁩니다. 우리 임신리에 또 한 명의 신생아가 태어났고 명실상부 대한민국에서 새 생명이 가장 많이 태어나는 명당으로 우리 마을이 대통령 표창을 받은 날이기 때문입니다. 그 감격스러운 장면은 이따가 9시 뉴스 시간에 다 함께 시청하도록 하것습니다. 저는 우리 마을 모든 주민들이 누구보다 애국자라고 생각험니다. 아기를 많이 낳아 국력을 키우는 일, 이보다 더한 애국이 어디 있것습니까? 여러분!"

귀에 못이 박히도록 자주 들었던 이장님의 말씀이 끝나자, 늘 그렇듯 사람들은 우레와 같은 환호를 보냈다. 주민들은 이장님의 말처럼 정말 자신들이 대단한 애국자라고 생각하는 것 같았다. 나는 현기증이 났다. 술이라도 한잔 마시고 싶었다. 도저히 맨정신으로는 이 자리에 있을 수 없었다. 하지만 언제나 잔칫상에 술은 제공되지 않았다. 포도주를 빚는 마을임에도 불구하고 마을에선 철저하게 술 마시는 걸 금지했다. 마을 안으로 술은 반입금지 품목이었으며 포도주를 발효시키는 동굴 저장고 역시 군인들이 지키고 있었다. 이장님의 말에 의하면 술은 불행을 자초하고 건강한 아기를 낳는 데 전혀 도움이 되지 않는다는 것이었다. 그러나 내가 보기에 이 마을 사람들의 구성상 음주는 또 다른 사고를 불러일으킬 게 분명하기 때문인 듯했다. 내 옆자리에선 셋째를 낳은 아기 아빠에게 건네는 두 남자의 축하 인사말이 들려왔다.

"축하혀. 아직 젊은 나이인데 고생 끝났구먼. 이제 셋째꺼정 낳았으니 일 년 후면 얼마나 혜택을 받는 거여?"

"셋째를 1년 더 키워 봐야 알겠지만 아이가 셋이니 9억은 일단 확보되었고, 아들이니 자동차 한 대가 부상으로 주어지겠죠."

아기 아빠의 얼굴에 기쁨이 가득 차 보였다.

"정말 잘 했구마. 소년원에 계속 있었으면 이만큼 자립헐 수 있었것어? 기록도 싹 다 지워 줄 거고 그 돈 갖고 어디 가서 새로 시작 못 할랑가. 여기 오기 잘 했구마."

"젊으니까 쉬웠던 겨. 나는 나이 서른다섯에 이제 하나 낳았으니 1억밖에 안 되는구먼. 둘을 낳아야 2억씩 4억이고 셋을 낳아야 3억씩 9억을 확보하는디 말여. 그보다 둘은 낳아야 여길 뜰 수 있는데 걱정이구먼."

그때 갑자기 소등이 되면서 마을회관에 설치된 대형 프로젝트 빔에선 임신리를 관할하고 있는 생산군 군수의 얼굴이 비쳤다. 대통령 표창을 받는 군수의 모습과 기자의 짧은 인터뷰 장면이었다. 자신감이 넘쳐 보이는 군수의 모습은 마치 세상을 호령하듯 완강해 보였다. 수상소감을 말해 달라는 기자의 요청에 생산군 군수는 기다렸다는 듯이 말을 쏟아 냈다.

"우선 제가 여러 연구진들과 함께 개발한 '새 생명 프로젝트'에 망설임 없이 참가해 주신 임신리 주민 여러분들께 다시 한 번 감사의 인사를 올립니다. 여러분은 모두 애국자입니다. 이제는 그 누구도 여러분을 범죄자란 이름으로 부르지 않을 것입니다. 여러분이 탄생시킨 아기들처럼 여러분도 새 생명이 되었습니다. 매해 임신리는 전국 최고의 출산율과 범죄자 교화 백 프로의 갱신 프로그램으로 두 마리 토끼를 모두 잡아 올해로 9년째 대통령 표창을 받았습니다. 사실 내년까지 십 년이면 이 프로젝트의 완성단계라고 볼 수 있습니다. 주민 여러분들이 자랑스럽습니다. 내년 10주년 수상까지 더 노력하고 정진합시다. 여러분의 아이도 걱정이 없습니다. '아이돌봄서비스'로 돌이 지나면 국가에서 키워 줄 것입니다. 범죄자의 아이가 아닌 당당한 대한민국의 글로벌한 국민으로 성장할 것입니다. 국민 여러분, 임신리의 이러한 우수한 사례는 앞으로 우리나라의 많은 시도에서 벤치마킹하게 될 것입니다. 국가를 믿고 우리 아이들의 미래를 맡기세요!"

대통령의 연설과 같은 군수의 수상소감이 끝나자, 마을 사람들은 마치 무엇에 홀린 듯 소리를 지르며 격렬히 박수를 치고 있었다. 사람들의 박수 소리와 군수의 이름을 연호하는 함성 때문인지 나는 곧 숨이 막힐 것 같았다. 어지러웠다.

'이곳에서 달아나야 해. 도망쳐야 해…. 도망쳐야 해….'

사이비 집단과 같은 사람들 틈에서 머리를 움켜쥐고 고개를 숙이자, 나의 발목에서 무언가가 반짝였다. 전자발찌였다.

**조데레사**

2019 미니픽션 작가회 신인상 수상
무크지《미니픽션》에 「새벽 6시」 「기적을 이루는 사람들」 「잘 있거라, 나는 간다」 등 발표

# 세계의 가을

## 구자명

그녀는 어언 두 달 가까이 꿈짝도 않고 바위틈 우묵한 터에 웅크리고 있다. 그나마 내가 매일 꼬박꼬박 가져다주는 먹이는 사양하지 않고 받아먹는 게 다행이다. 그마저 거부한다면 그녀가 품고 있는 그것이 태어나기도 전에 굶어 죽을 테니까. 무슨 배짱으로 이딴 일을 벌였을까? 설마 나의 도움 없이 혼자서도 새 생명을 길러 내는 전 과정이 가능하리라고 생각지는 않았을 텐데 말이다. 내가 어차피 그녀의 짝으로서, 또 무리의 우두머리로서 공동체에 대한 의무와 책임을 여하한 상황에서도 저버리지 않을 것이라 여겨 뻔뻔하게도 자기 독단을 저지른 것일까? 나와 그녀는 여남은 살 적부터 십수 년을 함께 해 온 부부이다. 우리는 함께 자식을 많이 낳고 안데스 산맥을 누비며 화목한 가족의 삶을 꾸려 왔다. 맹세코 나는 다른 암컷을 탐한 적도 없고 늘 곁에서 충실한 가장으로 그녀와 자식들을 사랑으로 돌봐 왔다. 그녀 역시 이웃 무리의 누구라든가 다른 수컷에게 한눈파는 걸 본 적이 없다. 그런데 왜 마음이 변한 걸까? 지난해 나와 그녀가 마지막으로 사랑을 나눈 이후로 무슨 문제가 생긴 걸까?

아, 그 직후에 오래전 캘리포니아로 이주했다가 안데스로 역이주를 고려 중이라던 그녀의 먼 이종 친척이 다녀가긴 했었지. 그리고 그때 그 수다스런 입에서 괴상망측한 얘길 전해 들은 기억이 나긴 한다. 인간종들에 붙들려 가서 샌디에이고 어디라는 동물원에서 살게 된 친척 암컷 하나가 순전히 혼자만의 힘으로 2세를 생산했다고. 뭐 인간종들이 말하는 무염수태라도 했단 말인가? 그런 여인이 한때 인간 세상에 존재했었다는 얘기를 언젠가 들은 적이 있다. 눈이 파란 백인종들이 와서 자기네가 믿는 신의 영능을 자랑하며 그런 황당한 얘길 해서 당시 산 아랫마을 인디오들의 비웃음을 샀었다. 어쨌거나 그 백인종들은 점점 많이 이 먼 곳까지 잠식해 들어오더니 총이란 무기를 써서 짐승들을 사냥하기 시작했다.

그때부터 우리가 먹는 짐승 사체들이 총탄의 납에 오염이 되어 우리 종의 개체 수가 엄청나게 줄어들었다. 문명화의 미명하에 저지른 마구잡이 개발로 우리 서식지를 파괴하는 한편 무차별 밀렵으로 짐승 사체를 주 먹이로 삼는 우리에게 납 중독을 일으켜 종의 개체 수 보존을 위협받게 되었다. 북아메리카로 가서 캘리포니아에 정착했던 우리 친척들은 인간종의 그러한 만행 때문에 아예 멸종 위기에 처했다고 한다. 그런 스트레스 때문일까? 그 샌디에이고 암컷이 스스로 새끼를 만들어 낸 이유가? 수컷이 없을 때 종 보존을 위해 부득이 특단의 방법을 써서 자가생식을 하는 다른 종의 암컷들이 더러 있다는 얘기는 들었다. 한데 주변에 멀쩡히 같이 잘 지내던 수컷도 있었다면서 그 암컷은 왜 갑자기 그럴 마음을 먹었으며, 또 어떻게 그것이 가능했을까? 중요한 건, 그 영향인지 뭔지 몰라도 나의 그녀가 똑같은 일을 벌이고 있다는 사실. 나와의 사랑 없이도 아지 못할 어떤 비밀스런 방법을 통해 혼자서 알을 생산했고 지금 그것을 두 달째 품고 있는 중이라는, 미치고 환장할 상황이 벌어진 것이다.

파란 눈의 백인종들이 모시는 신이라면 그 전지전능함으로 이런 일을 알고 가능케 했을는지 몰라도, 우리 종은 수백만 년에 걸쳐 진화해 오는 동안 결코 우리가 속한 대자연의 질서를 거스르는 그런 짓은 한 적이 없다. 우리의 조상 격인 아르젠타비스, 지금의 우리 종보다 예닐곱 배는 컸다고 전해지는 그 장엄한 존재가 아메리카 대륙을 누볐던 고생대의 시간에도 그런 일은 없었으리라. 기후 변화, 서식지 손실, 다른 종과의 경쟁으로 인해 멸종되었다고 추정되는 걸로 봐서 그냥 가지고 태어난 생태대로 살다 보니 어느 때 급변한 환경에 적응이 어려워졌을 수 있고 급기야 더는 버티지 못하고 멸종에 이르렀을 수 있겠다. 그렇다고 암수의 결합, 우리 경우에 빗대자면 암수의 사랑을 통해서 탄생하는 새 생명체의 지속적인 출현이 아닌 다른 수단으로써 종을 보존하겠다는 게 말이 되는가?

지난 일 년간 그녀가 내밀하게 연구해 왔을 특단의 방법이 어떤 건지 나는 도무지 알 도리가 없다. 하지만 그것과 별개로 지금 그녀가 도모하고 있는 자가생식은 공동의 종 보존이 목적이 아닌 순전히 자기복제만을 꾀하는 이기의 발로가 아닌가. 목적이야 그렇다 치더라도 도대체 왜? 가족이란 이름으로 엮이는 타자와의 유대를 더 이상 원하지 않게 된 것인가? 아님 혹시… 단순히, 나라는 수컷에게 싫증이 난 걸까? 나 모르게 다른 무리의 어느 수컷과 정분이라도 난 걸까?

그건 아니지 싶은 건, 그녀가 우리 영역을 떠난 적이 없고 먹이 사냥을 나갈 때도 늘 함께했었기 때문에 그럴 여지가 거의 없다고 보기 때문이다. 설사 다른 수컷을 좋아하게 됐으면 그 수컷이 내게 도전하여 이겨서 짝짓기를 하면 될 텐데 그런 일은 일어나지 않았다. 그냥 올가을 들어 어느 시점인가부터 나를 피하며 혼자 웅크리고 있더니 알을 하나 낳았다. 이게 대체 무슨 조화인지… 캐물어도 묵묵부답, 자리보전만 하고 있는 중이다.

답답함이 체증처럼 쌓여 가던 어느 날 먹이 사냥을 나가다가 문득, 나 없는 사이 그녀가 어떤 행동을 할까 궁금해져서 살금살금 날아와 그녀가 웅크린 바위 구멍 위에서 선회하는 동안 이상한 노랫소리를 들었다. 귀 기울여 들어 보니 산 아랫마을 인디오들이 잉카 전통의 악기들로 연주하며 부르는 민요였다. 엘 콘도르 파사라고 백인종들에게 알려진 그 노래는 사실 우리 종, 안데스 콘도르에 대한 것이다. 인디오들이 자신들의 영웅이 죽으면 콘도르가 되어 안데스 산맥으로 회귀한다고 믿어 '콘도르가 날아간다'고 외쳐 부르는 내용이다.
인간종의 그 노래를 어떻게 배웠는지 몰라도 그녀는 가느다랗게, 그러나 선명한 음색으로 그 멜로디를 흥얼대고 있었다. 그녀가 그러고 있는 모습을 보니 나는 갑자기 슬픔이 북받쳐 올라 멀리 날아가 커다란 나뭇가지에 올라앉아 한참을 끅끅 울었다. 마치 그녀에게 죽음을 앞둔 어떤 인간종의 혼이 빙의되어 지상에서 함께했던 모든 것에게 석별의 인사를 하는 듯한 느낌이었다. 날 고향으로, 얽매임 없는 자유의 땅 안데스로 데려다주오, 하고 그 노랫말인 듯한 것을 읊조리는 그녀―믿어지지 않는 광경이었다. 그녀는 지금 자기를 더없이 사랑하는 오랜 짝인 나와 함께 안데스에서 살고 있지 않은가! 그런데 우리 종의 이름 자체가 뜻하는 '얽매임 없는 자유'를 찾아 떠나고 싶다니….

아 아, 나의 그대여. 우리는 안데스 콘도르, 날 수 있는 새 가운데 가장 크고, 가장 멀리 나는 맹금류이다. 우리 이름 자체가 '안데스의 얽매임 없는 자유'를 뜻하는데, 무엇을 또 따로 찾겠다는 것인지! 온전히 자기복제종인 자식을 낳아 놓고 더 높은 차원의 자유를 찾아 훌훌 떠나겠다는 것인지…. 그 드높은 자유가 인간종들이 숭배하는 신의 질서에 부합하는 것인지는 몰라도 우리, 안데스 콘도르는 안데스 콘도르만의 생태와 순환 질서를 지키고 사는 게 더 조화로운 삶이 아닐지….

엘 콘도르 파사. 사랑하는 나의 그녀는 떠나갔다. 스스로 낳은 알을 부화시키려 품은 지 두어 달 남짓 되던 어느 늦가을 아침, 알을 깨고 그녀와 똑같이 생긴 암컷 새끼가 태어났다. 하지만 어미인 그녀는 그동안 무슨 스트레스를 그리 받았는지 맥을 못 추더니 며칠 뒤 숨을 거두고 말았다. 분명히 밝히건대, 나는 그녀에게 먹이를 조달해 주고 주변에서 위협이 될 만한 온갖 것들로부터 그녀를 지키며 한시도 나의 책임을 소홀히 하지 않았다. 이제 그 헌신은 아마도 그녀의 딸을 지키는 일에 바쳐질 것이다. 엘 콘도르 파사. 나의 그녀는 날아갔다. 짝에게도 자식에게도 그 무엇에도 얽매임 없는 영원한 자유의 땅으로. 그리고 나는 세계의 가을을 맞았다. 그녀, 내가 사랑했고 영원히 사랑하고자 했던 존재가 사라진 세계의 가을이 오고야 말았다.

## 구자명

1997년 《작가세계》에 단편 「뿔」로 등단
소설집 『건달』 『날아라 선녀』 『진눈깨비』 『건달바 지대평』
에세이집 《바늘 구멍으로 걸어간 낙타》 《망각과 기억 사이》

# 시인의 마지막 노래

## 박동섬

　박 시인이 재직하는 인문학술원에 영문학 전공 교수 나나가 있다. 성은 나(羅) 이름도 나(娜)였다. 박 시인은 그녀를 '나 선생님'으로 호칭했으나, 점차 대면 기회가 많아지면서 친해지려고 말을 터놓고 지냈다. 그는 자기도 모르는 사이에 나나의 봉긋한 가슴과 잘록한 허리, 쓰다듬고 싶은 토실한 엉덩이를 자주 응시하였다. 그녀가 텔레토비 동산에서 춤추고 노래하는 '나나'처럼 외모는 귀엽고 해맑았으며, 검고 큰 눈망울은 소리만 약간 크게 질러도 금방 터질 것만 같다고 하였다. 심지어 나나가 말할 때 그의 귀에는 텔레토비 나나 목소리 환청까지 들렸고, 동글동글한 물건이나 노란색만 봐도 나나가 연상된다고 할 정도로 나나에게 푹 빠져 버렸다. 나나는 박 시인의 의식과 행동을 완전히 지배하는 여신이 된 것이다. 그러나 고백 한 번 못 하고 나나의 주변을 빙빙 맴돌다가 결국 1년에 논문 한 편 쓰지 못하게 되었다.

"나나의 늪에서 허우적대다가 학계에서 영영 퇴출되는 것 아닌가?"

책상에 앉으면 논문 설계가 아니라 나나 얼굴을 떠올리며 그녀와의 꿈같은 장래만을 설계하였다.

어느 날, 인문융합사업 공고가 떴다. 시간강사로 겨우 생계를 이어 가는 박 시인에게 반가운 소식이었다.

'프랜차이즈 사업하듯 무슨 사업단을 뚝딱 만든다고 인문학이 발전할 수 있는가?' 얼핏 회의감이 들었지만, 박 시인 같은 생계형 지식인에게는 생존의 기회가 되었다. 나이 50줄의 박 시인은 인문융합사업단의 계약 교수로 채용되면서, 강사에서 계약 교수로 전환되었다.

'비록 계약직이지만, 나도 교수라고!'

갑자기 바뀐 사회적 신분 덕분인지, 세상을 원망하고 풍자하던 박 시인의 글도 다소 온화해졌다. 교수 신분으로 격상된 박 시인은 나나에게 적극적으로 구애할 자신감도 생겼다. 나나와의 장래를 상상하면 세상을 다 가진 것 같았다.

그러던 어느 날, 나나가 박 시인에게 하얀 봉투를 내밀었다. 잠시의 설렘은 고통으로 바뀌었다. 그것은 청첩장이었다. 나나와 사학과 희멀건 그놈의 이름이 나란히 박혀 있었다. 나나가 나비처럼 나풀거리며 시야에서 사라질 때까지 박 시인은 꼼짝도 할 수 없었다. 억센 손이 심장을 쥐어짜는 것처럼 고통스러웠다. 박 시인은 청첩장을 문서 파쇄기에 넣어 갈아 버렸다. 나나는 이제 박 시인의 삶에서 완전히 나가 버린 것이다. 사랑했던 나나가 자신보다 경력이 훨씬 뛰어난 교수와 혼인을 하고, 또 함께 근무해야 한다는 현실이 큰 고통으로 다가왔다. 지력이든 체력이든 사랑도 능력이 있어야 얻을 수 있는 거구나, 박 시인은 자신도 모르게 한숨이 새 나왔다. 그는 작은 방에서 씻지도 먹지도 않고 며칠을 잠만 자다가, 안개 낀 듯 몽롱한 정신으로 마치 외나무다리를 건너는 듯 휘청거리며 다녔다.

3년 후 정부의 재정 지원이 끊기자, 인문융합사업단은 해체되었다. 박 시인도 실업자 신세가 되었다. 실업자가 된 박 시인은 시를 쓰는 단체에 동인으로 가입하였다. 그 와중에 동인 한 분이 "굳이 가임 여성과 혼인해서 자식을 낳을 생각이 없다면, 경제적으로 안정적인 중년 여성을 만나서 가정을 꾸리는 것도 나쁘지만은 않다."라며 중매를 적극 주선하고 나섰다.

"나이는 50대 후반인데, 남편과는 사별했고 자식들은 다 키웠으니, 홀가분하게 여생을 함께할 배우자를 만나고 싶다는데. 한번 생각해 보세요."

  그날 박 시인은 늦은 밤 귀갓길에 편의점에서 소주를 샀
다. 그는 자신이 다른 사람에게 어떻게 보이는지 깨달았다.
돈 많고 나이 든 혼자 사는 여자에게 남은 인생을 의탁해야
할 정도로 무능해 보인다는 증거가 아니고 무엇인가? 사랑까
지는 아니더라도 대화가 통할 것 같다거나, 인간적인 교감을
주고받을 것 같다는 이유가 아니라 경제적 안정을 위해서 결
혼하라고? 명색이 문학박사이자 시인인 내게. 박 시인은 아
침 해가 떠오르길 바라지 않는 사람처럼 폭음을 하였다. 끼
니를 거르고 줄창 술을 마셨다. 술로 밥을 대신하는 생활을
지속하다가 결국 앓아눕게 되었다. 누워 있는데 비몽사몽 의
식이 혼미한 가운데 저승사자가 박 시인을 방문했다.

  "박 시인, 이제 그만 갑시다."

  박 시인은 원망스럽게 말했다.

  "저를 왜 이리 빨리 데리고 가시려 하십니까? 아직 제대로
된 시도 한 편 쓰지 못했는데."

  저승사자는 말했다.

  "시(詩)는 때 시(時)입니다. 때를 아는 자가 바로 시인입니다."

  저승사자는 말을 이어 갔다.

  "박 시인이 그렇게 정성스럽게 가꾼 베란다의 꽃도 피고

지는 시간이 있습니다. 저승에 가면 밥벌이 걱정할 필요도
없이 시를 마음껏 쓸 수 있으니, 나를 따라 같이 갑시다."

　박 시인은 숨을 들이키며 다시 내뱉기를 여러 차례 반복하
다가 말했다.
　"시가 밥입니다. 시를 영원히 쓸 수만 있다면 거기가 바로
천국입니다."

## 박동섬(본명 박병구)

2020년 월간《문학세계》시
2021년《아동문예》동시
2022년《나래시조》시조,《영호남수필》수필 등단

# 풍묘도(豐猫島)

이진훈

반려묘 화가로 널리 알려진 영묘(領猫) 씨가 고양이 스무 마리를 데리고 서해남도 풍어도(豐漁島)로 이주한 지 벌써 서른 해가 흘렀다. 서른 해 만에 섬은 고양이로 가득해서 그 숫자를 헤아리기가 불가능해진 지 오래되었다. 지금이야 반려견, 반려묘를 가족의 일원으로 받아들이고 있지만, 서른 해 전만 해도 보양식으로 잡아먹거나, 쥐잡이를 위해 기른 것이 태반이었다.

반려묘 엄마 영묘 씨는 고양이 숫자가 늘어날수록 발정기 때의 암고양이들의 '콜링' 소리 때문에 매일 밤잠을 설치는 이웃들의 항의가 빗발쳐 서울에서 더는 버틸 수 없을 지경에 다다랐다. 스무 마리의 고양이들이 무슨 계주 선수처럼 이어 가며 밤새 콜링을 해 대니 이웃들에게 주는 피해도 극에 달했다. 이웃들의 싸늘한 시선을 더 이상 견딜 수 없어 서울을 떠날 묘수를 찾던 끝에 누군가 섬으로 들어가서 폐교 하나 불하를 받아 자식 같은 고양이들을 마음껏 풀어놓고 자유롭게 살게 해 주면 어떻겠냐고 추천해 주었다.

중성화 수술도 생각해 봤으나 그 짓은 자연을 거스르는 일이요, 동물 학대 중에서도 가장 잔인한 학대라고 결론짓고 단 한 마리에게도 시술하지 않았던 영묘 씨의 귀에 섬 이야기는 솔깃했다. 들어 보니 기막힌 묘수였다. 딸린 식구 없는 홀몸 화가에다 아들딸과 다름없는 스무 마리 고양이에게 자유를 줄 수 있다니! 지금까지 '도시 고양이' 그림도 한계에 다다랐으니 '바다와 섬 고양이' 그림으로 화제(畫題)를 바꾸면 화랑가에 먹힐 듯도 했다.

수소문 끝에 낙도 풍어도에 있는 폐교를 불하받았다. 서해 남도 교육청이 제시한 조건은 학교 건물을 갤러리로 꾸미고, 상설전시실도 마련한다는 것이었다. 바다가 내려다보이는 넓은 운동장이 있는 폐교였다. 파시(波市)가 성황일 때는 학생 수가 백 명을 넘기도 했지만 해가 갈수록 섬을 떠나는 사람들이 눈에 띄게 늘어나더니 몇 해 전부터는 초등학교에 입학할 어린이가 없어 폐교가 결정되었다는 것이다.

서해남도 여러 섬에 폐교가 수도 없이 늘어났지만 풍어도를 고른 첫째 이유는 섬 이름 때문이었다. 물고기가 풍성한 섬? 서울 동네 천덕꾸러기였던 고양이들에게 아예 풍어도에 '24시 생선 편의점'을 하나 차려 주고 싶을 정도였다. 운동장은 넓었다. 고양이들의 낙원이 되기에 부족함이 없었다.

섬은 배타적일 것이라고 지레 겁을 먹고 들어갔으나 텃세는커녕 동네 아낙들, 할머니들이 쌍수를 들고 환영해 주었다. 영묘 씨의 고향이 풍어도 가까운 뭍인 데다가, 화가라고 하니까 저마다 죽을 때 쓸 초상화 하나씩은 받을 수 있지 않을까 부푼 기대 때문인 듯했다. 화가 영묘 씨는 풍어도 사람들의 기대를 모른 체하지 않고 그들의 초상화를 그려서 우선은 상설전시실에 걸어 두었다. 한 사람도 빼놓지 않고 섬사람 모두를 그려서 걸었다 해도 바다 고양이, 섬 고양이 숫자에 비하면 형편없이 적었다. 마을 사람들 그림은 한 점도 늘지 않았지만 고양이 그림은 날이 갈수록 늘어났다. 사람 하나 죽어 저승으로 가면 짝짓기에 걸림돌이 없는 고양이들은 열 마리 스무 마리씩 늘어났다. 상설전시장에 걸렸던 섬사람들의 초상화는 해가 갈수록 줄어만 갔다. 노인들이 죽으면 자식들이 시신과 함께 초상화를 뭍으로 가져가서 장례 때 영정(影幀)으로 쓰고 돌려주지 않았기 때문이다.

폐교 상설 전시실에 초상화가 모두 사라지고, 머지않아 자신마저 사라지는 날이 오면 풍어도는 폐도(廢島)가 되고, 결국 이 섬은 풍묘도(豊猫島)로 그 이름마저 바꾸는 것이 아닐까, 갑자기 불안이 파도처럼 엄습해왔다. 섬을 가득 메운 고양이들의 콜링 소리가 환청으로 들리기까지 했다. 바다에서 밀려온 밤안개가 폐교를 집어삼키고 있었다.

**이진훈**

미니픽션 작가
미니픽션 작품집 『베이비 부머의 반타작 인생』
《세종대왕신문》에 '한양인문학' 연재 중

# 쌍둥이가 달린다

이하언

와아아.

쌍둥이들이 달린다.

성전 사이사이 신나게 누빈다.

그 뒤를 따라 할머니도 달린다. 하얀 머리카락을 휘날리지만 몸놀림은 가벼운 편이다. 쌍둥이들이 단련시킨 덕이다.

와하하. 까르르.

강론하던 신부님의 목소리가 쌍둥이들의 함성에 파묻힌다. 신자들의 시선이 신부님에게서 할머니와 쌍둥이들의 술래잡기 쪽으로 옮겨진다. 신부님도 잠시 강론을 멈추고 술래잡기를 본다.

할머니가 몸을 던진다. 슬라이딩으로 아슬아슬 쌍둥이 한 명의 옷자락을 잡는다. 하지만 쌍둥이가 더 빠르다. 할머니 손에서 빠져나온 쌍둥이는 스릴감에 신이 나서 소리 내서 웃는다.

까르르르.

제대 앞에서 쌍둥이들은 양쪽으로 흩어진다. 할머니가 그
중 한 명을 정해 뒤쫓는다. 자신을 쫓지 않자 재미가 없어진
다른 쌍둥이가 몸을 돌려 도로 할머니 쪽을 향해 달려온다.
할머니는 자신을 향해 오는 쌍둥이를 잡는 데 성공한다. 쌍
둥이는 잡혀서 신이 난다. 잡히지 않은 다른 쌍둥이도 신나
게 달아난다.


아녜스는 자신의 옆자리에 앉은 수녀님이 금방이라도 튀
어나갈 준비를 하는 것을 보았다. 먹잇감을 노리고 있는 맹
수의 모습이 그렇지 않을까 싶다. 쌍둥이가 수녀님 쪽을 향
해 달려왔다. 수녀님은 날쌔게 팔을 뻗어 쌍둥이를 잡아챘
다. 붙들린 쌍둥이는 신이 나서 와하하하 웃었다.

그렇게 한 명은 할머니가, 한 명은 수녀님이 잡으면서 술
래잡기가 일단은 끝이 났다. 의자에 앉은 할머니는 숨을 고
르고 수녀님은 쌍둥이들을 양쪽에 안고 다정하게 쓰다듬으
며 진정시켰다.

신부님의 강론이 다시 시작되었다. 신자들도 다시 신부님
의 강론에 귀를 기울였다.

아녜스가 주로 오는 이 3시 미사는 고등학교 이하 신자를 대상으로 하는 어린이 미사이다. 어린이들은 성전 앞쪽에 앉고 뒤쪽에는 일반 신자들이 앉는데 일반 신자들 중 상당수는 어린이들의 가족이었다.

할머니는 쌍둥이들과 함께 주일을 빠지지 않았지만 다른 신자들에게 폐를 끼칠까 봐 대개는 뒤쪽에 앉았다. 그러나 긴장의 끈을 조금만 놓치면 쌍둥이들은 튀어나가곤 했다. 뒷자리여서 달릴 트랙도 길어지고 활동 범위도 넓어져 쌍둥이들은 더 신나하는 거 같았다.

어린이 미사이니만큼 신부님은 어린이 수준에 맞추어 강론을 해 주었다. 영상을 통해 알기 쉽게 천주교에 관련된 역사나 용어, 전례들도 설명해 줄 뿐만 아니라, 아이들과 한 명 한 명 눈을 맞추고 다정하게 개인의 안부도 물어 주었다. 이 영상 설명은 아이들도 재미있어하지만, 아녜스에게도 매우 도움이 되었다. 미처 알지 못했던 여러 가지 천주교회에 관련된 지식을 얻고, 아이들을 보는 즐거움에 특별한 일이 없으면 아녜스는 대개 이 미사 시간에 오곤 했다.

신자들 축성이 끝났다. 아직 첫 영성체를 하지 않은 어린 아이들이 나와 안수를 받으러 줄을 섰다. 아이들은 신부님의 따뜻한 손이 자신의 머리 위에 올려지는 이 시간을 좋아했다. 쌍둥이들은 안수를 받지 않을 때가 많았다. 고삐를 풀어 버리면 어디로 튈지 몰라 할머니가 안 내보내는 거 같았다.

태우는 오늘 거꾸로 콘셉트를 잡은 거 같았다. 처음부터 뒷걸음으로 걸어오더니 신부님 앞에서도 거꾸로 선 그대로 였다. 신부님은 굳이 고치려 들지 않았다. 거꾸로 서 있는 그 대로 태우의 머리를 잡고 안수를 했다. 태우는 짱구 미소를 지으며 의기양양 제 자리로 돌아갔다. 부끄럼이 많은 유정은 매번 쭈뼛대지만 빠지지는 않는다. 이번에도 제일 마지막에 고사리 같은 손을 모으고 걸어 나왔다. 유정까지 끝났을 때 성전 입구 쪽에서 누군가가 소리쳤다.

"잠깐만요!"

진경이 달려오고 있었다. 막 떠나는 버스를 세우려는 것처 럼 한쪽 팔을 쳐들고 있었다. 유아 방에 있다가 나오는 시간 을 놓친 것이다. 다행히 신부님 버스는 떠나지 않고 기다려 주었다. 숨차게 달려온 진경이 신부님 앞에 섰다. 신부님은 어깻숨 쉬는 진경의 머리 위에 손을 얹었다. 두 손 모으고 진 지하게 신부님의 축복을 받는 진경은 행복해 보였다.

성당에 오는 아이들이 코로나를 지나면서 급격하게 줄었 다. 새로 입학 신청을 하는 아이가 없어 유치부 주일학교는 사라지기 직전이었다. 제일 많은 수가 초등학생인데 초등학생이 중학생 칸으로 옮기면 반 이상 줄어들고 고등학생이 되면 미사에 오는 학생 보기가 아주 힘들어졌다.

신부님이 주보 뒷면에 실린 성당 소식을 전하는데 핸드폰이 부르르 떨었다. 아네스는 고개 숙여 슬쩍 카톡을 보았다.

두려워했던 소식이 들어와 있었다. 결국 병원 문을 닫게 되었다는 내용이었다. 한때는 산모들이 아이 낳기를 가장 선호하던 산부인과였고, 외아들 내외가 딩크족을 선언하고 일본으로 가 버린 뒤 아네스의 생계와 시간을 책임져 주던 직장이었다.

출산율이 떨어지면서 병원 경영이 어렵다는 말을 듣긴 했지만 설마 폐원을 하랴 싶었는데 그런 일이 벌어진 것이다. 퇴직금 정산이라든지 사후 처리에 관한 문자들이 매달려 있지만 한숨을 내쉬고 그대로 핸드폰을 닫았다.

"마침기도를 바치겠습니다."

신부님의 말에 모두 일어섰다. 경건하게 고개를 숙이는데 에헤헤헤 방울 같은 웃음소리가 들렸다. 걸음마를 시작한 지 오래되지 않았을 아기가 오동통한 엉덩이를 실룩대며 신부님을 향해 내달리고 있었다. 얼굴이 벌겋게 된 젊은 엄마가 아기를 잡으러 뒤따르고 있었다. 질세라 쌍둥이들도 튀어나갈 준비를 했다.

　아녜스는 두 손을 모으고 간절히 기도했다.

　하느님 아버지, 저 모습들을 더 많이, 더 오래 볼 수 있게
해 주세요.

**이하언**

단편 소설 「달집 태우기」로 《평화신문》 신춘문예 당선
소설 「검은 호수」로 토지문학제 평사리문학대상 수상
소설집 『검은 호수』 『무한의 오로라』, 미니픽션집 『비둘기 모텔』 외

# 나는 아니다

이성우

　아브라함은 이삭을 낳고, 이삭은 야곱을 낳고, 야곱은 유다와 그의 형제들을 낳고, 유다는 다말에게서 파레스와 사라를 낳고, 파레스는 헤스론을 낳고, 헤스론은 아람을 낳고, 아람은 아미나답을 낳고, 아미나답은 앗손을 낳았다.

　그러나 카인은 아벨을 죽이고, 다윗은 골리앗을 죽이고, 아그립바는 야고보를 죽이고, 안디바는 요한을 죽이고, 바리새인들은 예수를 죽이고, 브루투스는 카이사르를 죽였다. 사람이 사람을 낳고 사람이 사람을 죽였다.

　운석은 공룡을 멸하고, 인간은 도도새를 멸하고, 스텔라바다소를 멸하고, 파란영양을 멸하고, 이제 인간 자신은 멸하려 하고 있다. 모두가 떨고 있지만 모두가 나는 아니라고 말한다.

# 미니픽션
# 프리즘 I

# 봄의 이유

안영실

시청 앞 광장에 천막이 차려졌다. 천막 안에는 몇 년 전 겨울에 일어난 어이없는 참사로 목숨을 잃은 영정들이 있다. 꽃 같은 젊음을 떨군 영정들은, 사람들이 놓고 가는 국화꽃을 쳐다보면서, 무슨 일이 일어났는지 알 수가 없다는 표정이다. 천막 바깥에는 히터를 앞에 놓고 곱은 손을 녹이는 사람들이 있다. 도무지 왜 이런 일이 일어났는지 영문을 모르는 누군가의 아빠와 눈물이 마르지 않는 누군가의 엄마였다.

천막 안의 사정이 어떻든 동장군은 빌딩 숲 사이로 퍼런 입김을 내뿜고 있다.

입춘이 지나면 당연히 봄이 온다는 생각은 당신들의 착각이야. 내 칼바람은 어떤 옷깃도 헤집을 수 있지. 우수와 경칩이 지나 도롱뇽이 길고 긴 알을 낳고, 낮과 밤의 길이가 같아진대도 나는 꿈쩍도 하지 않을 거야. 세상은 영원히 얼어붙은 겨울일 거야. 난 아무런 이유 없이 봄에게 길을 내주진 않는다고.

　누군가의 아빠와 누군가의 엄마는 천막을 찾은 사람들에게 서명을 받고 있다. 영정들을 모신 천막을 상설로 비치하여 다시는 이런 일이 일어나지 않도록 잊지 말고 기억하자는 청원이었다. 빈소에 국화꽃을 놓고 나온 젊은이가 걸음을 멈추고 굳은 표정으로 서명했다. 검정 패딩의 중년 여자는 자신의 아이처럼 보이는 영정들을 한 번 더 바라보다가 북받치는 감정을 삼키며 천막을 떠났다. 천막 곁에는 허리에 손을 얹은 매서운 표정의 동장군이, 먼발치에는 찌푸린 표정의 봄이 엉거주춤 서 있다.

　칼바람이 중년 여인을 따라가며 패딩 안으로 매운바람을 불어넣었다. 지퍼를 목까지 올리고 뒤에 달린 모자도 당겨 썼지만 바람은 패딩을 헤집고 속살을 파고들었다. 아침에 막내아들과 다툰 터라 그녀는 마음마저 얼음장이었다. 막내는 대학을 졸업한 지 오 년이 지났는데도 방구석에 틀어박혀 있었다. 남들이 부러워하는 명문대에 나와 일류 기업에 취직했던 막내는 일 년도 안 되어서 퇴직했다. 뼈를 갈아 넣어야만 살아남는 직장은 감당하기 싫다며 공무원을 준비하고 싶다고 했다. 시험에서 연거푸 세 번 탈락한 후 막내는, 3년의 노력도 물거품이 되었다며 이젠 아무것도 하기 싫다며 으르렁 거리더니 방문을 닫아걸었다. 그녀는 불안했다. 사무직이 아니면 어떤가, 현장직이 어때서. 스스로 생계를 감당할 만한 일거리라면 받아들여야 한다고 믿는 그녀였다.

1순위가 된 주택청약예금까지 깨서 고시원과 학원비를 댔던 그녀는, 침대에 늘어져 있는 막내를 보자 부아가 났다. 해가 똥구멍에 뜬 걸 봐라, 당장 이불 걷어차고 아르바이트라도 뛰든지, 언제까지 늙은 부모에게 얹혀살래, 빌딩 계단을 닦는 일에도 나는 매일 뼈를 갈아 넣는다! 하며 소리쳤다. 막내는 이불을 뒤집어쓰고 소리를 질렀다. 누구는 집에 있고 싶어서 있겠냐고. 공무원 시험 준비를 얼마나 열심히 했는지 엄마는 절대 모른다고, 그동안 백 개도 넘는 이력서가 거절당했다고, 세상이 받아 주지 않는데 어쩌냐고, 이제는 어째야 할지 길을 모르겠다는 막내의 통곡에 그녀는 방문 앞에 털썩 주저앉았다. 재촉하지 말아야 했어. 막내가 스스로 힘을 내고 자신의 길을 열어갈 때까지 기다릴걸. 평생을 참았는데 어쩌자고 내가 주둥이를 나불거렸담!

며칠 전 그녀는 휴게실에서 신문을 뒤적거리다가 30세 미만 청년의 9%가 실업자라는 기사를 보았다. 가장 심각한 30

세 이상은 아예 통계에도 잡혀 있지 않았다. 청년들이 가고 싶어 하는 대기업은 5%도 되지 않으니, 대부분은 작은 회사에서 적은 월급을 받거나 아르바이트로 살아야 하는 현실이었다. 청년들을 위해서는 가장 부담이 큰 주거 문제에 정부 차원의 대책이 절실하다는 주장이었다. 만약에 적은 월급으로도 살 수 있는 주거지가 정책적으로 공급된다면, 청년들도 소박한 월급을 받고도 일하겠다는 의지가 생길 테고, 젊은이들의 일을 하겠다는 의욕이 우리 미래의 희망이고 힘이 될 것이라는 의견이었다. 맞는 말이지. 그녀는 고개를 끄덕거렸다. 기왕 집을 준다면 원룸이나 고시원처럼 문 열면 바로 침대인 곳보다는, 집의 기능을 어느 정도 채워 줄 수 있으면서 결혼해서 아기도 키울 만한 크기의 주택이라면 좋을 텐데. 그런 소망은 언감생심일까?

　도시의 혼잡한 도로처럼 늘 아우성치던 지난 세월이 불쑥 떠올라 그녀는 목이 메었다. 빌딩 사이로 불어오는 칼바람이 그녀의 패딩 속으로 다시 송곳 같은 추위를 불어넣었다. 지하 도로로 간다면 어느 정도 추위를 피할 수 있지만, 그녀는 지하를 싫어했다. 알레르기 비염을 달고 살아서 본능적으로 먼지와 곰팡내를 알고 느껴서 피하며 살았다. 청소 용역업체가 제공하는 휴식처는 늘 지하였다. 그녀는 습기 찬 바닥에 앉아서 쉬었고, 어딘가에 둥지를 틀었을 희미한 곰팡내를 맡으며 점심을 먹었다.

그녀가 L 백화점 앞의 도로를 건널 때였다. 건너편에 덩그렇게 핀 해사한 웃음 한 덩이에 그녀의 눈이 번쩍 뜨였다. 그곳은 도심 한가운데 사방으로 오가는 자동차들과 높다란 빌딩에 둘러싸인 인도였다. 번쩍이지도 화려하지도 눈길을 끌지도 않는 그곳에 두 사람이 나란히 앉아 얘기 중이었다. 부산스러운 세상과는 동떨어진 그 공간에서 둘의 이야기꽃은 환하고 환했다. 그래, 자식들은 있나? 그럼요. 이제 다 자기들 앞가림은 하지요. 그럼 자기는 올해 나이가 몇이나 되누? 글쎄 이젠 나이를 잊어버렸네요. 오래전에 꿀꺽 삼켜 버렸는데, 그게 몇 개나 되는지 통 모르겠어요. 아마 그런 이야기가 오가는 듯한 시선을 교환하며, 둘은 서로에게 고개를 갸웃 기울인 채 대화를 나누고 있었다. 주변에는 지난밤 추위를 막아 주었을 두꺼운 상자들을 차곡차곡 개어 놓고, 마침 정오의 햇볕이 허락한 달콤한 입김을 등으로 받으며, 이보다 즐거운 일이 세상 어디에 있나 하는 표정으로, 빨간 눈꽃 무늬 털모자는 웃고 또 웃었고, 불그레한 얼굴의 남자는 입을 다물지 못했다. 여자는 그 장면을 넋을 놓고 보면서 젊은 시절의 이런저런 시절을 떠올리며 잠깐 웃음을 흘렸다. 남편에게 막내아들을 안겨 주고 세상 부러운 것 없던 때도 생각났다. 앞에 동냥 그릇을 놓는 것도 잊어버리고 이야기꽃으로 환한 둘을 보며 여자는 길게 탄식했다.

참으로 봄날처럼 고운 풍경이구나!

저토록 환하고 예쁜 한 덩이의 웃음이라면, 봄의 이유가 되지 않겠나?

마침내 봄이 동장군 앞으로 나서며 밝게 손을 들었다.


주) 젊은이들의 주택 정책에 관해서는 법륜스님의 의견을 참조했습니다.


## 안영실

1996년 문화일보 중편 「부엌으로 난 창」으로 등단
2019년 박인성문학상, 2023년 성호문학상, 김포문학상, 문학비단길 작가상 수상
소설집 『큰 놈이 나타났다』 『화요앵담』, 장편소설 『설화』 외

# 소년의 하루

김채옥


오늘도 마루에 누워 멍 때리기로 하루를 몽땅 소비했다. 해가 기운 후에야 마당으로 내려온 나는 기지개를 한번 켜고 담벼락에 세워 놓은 낡은 자전거에 몸을 실었다. 그렇다고 해서 마루 위에 누워 있을 때와 달라지는 것은 없다. 아직 후끈거리는 열기가 남아 있는 아스팔트 도로 위에는 사람은 커녕 들고양이 한 마리 안 보였다. 동네를 한 바퀴 돌아 이웃 마을로 들어서자, 고구마밭에서 잡초를 뽑고 있는 상주 아저씨가 눈에 들어왔다. 모르는 척 지나치고 싶었지만, 마음을 바꿔 일단 자전거를 세웠다. 아저씨는 가족 말고 내가 유일하게 이야기를 나눌 수 있는 어른이다.

- 수고 많네요! 뭐해요? 아저씨!

엎드려 풀을 뽑고 있던 아저씨가 내 목소리를 듣고는 천천히 허리를 펴고 일어났다. 그러고는 나보고 어서 와 보라는 손짓을 했다.

- 은수야. 잘 왔다. 나 좀 도와주지 않을래? 아르바이트할 생각은 없니?

나는 가슴이 턱 막혔다. 농담인 줄 알면서도 나는 펄쩍 뛰었다.

- 아저씨! 청소년에게 일을 시키면 처벌받는 것, 아세요? 모르세요?

화가 난 나는 뒤도 안 돌아보고 힘껏 가속 페달을 밟았다. 기분 탓인지 도로가 이글거리고 주변의 모든 것들이 흐물흐물 녹아내리는 것만 같았다. 오늘따라 뒤꽁무니를 쫓아갈 자동차나 자전거 한 대 보이지 않았고, 소리를 내지르며 뭐라도 걷어차고 싶은데 지나가는 똥개 한 마리 걸려들지 않았다.


아저씨가 장난으로 하는 말인지는 안다. 하지만 친구들은 다 학원 다니고, 집에서도 공부만 하는데 나는 바쁜 농사철에는 농사일도 거들어야 하고 어린 여동생도 돌봐야 한다. 얼마 전, 아저씨는 나를 도립도서관에 데려가 열람실 이용법도 알려 주고 책도 나란히 앉아 읽었다. 집에 돌아오는 길에는 아저씨가 짜장면도 사 주었다. 나는 짜장면을 한입에 모두 밀어 넣고는 군만두도 탐을 내었다. 나는 기분이 좋아져

서 아저씨에게 말을 걸었다.

- 아저씨! 우리 엄마 조선족인 것 아세요?

아저씨는 눈이 동그래진 얼굴로 입안 가득 밀어 넣었던 뜨거운 면발을 그대로 꿀꺽 삼켰다. 아저씨는 얼굴을 찡그리며 천천히 입을 열었다.

- 음… 얼마 전에… 너희 아빠한테 들었어.

- 와! 아저씨도 알고 있었네요. 엄마는 도대체 뭐가 좋다고 아빠 같은 사람과 결혼했을까요?

나도 모르게 억양이 고조되며 도대체라고 내뱉을 때 힘이 들어갔다.

아저씨는 흠칫 놀란 표정이었다.

- 글쎄, 그런 건 난 모르겠고…. 그런데 은수야! 너… 요즘 무슨 고민 있니?

아저씨는 슬쩍 말꼬리를 돌렸다.

- 아저씨! 지난주에 제가 같은 반 친구 집에 놀러 간 것 아시죠? 가 보니 집도 진짜 잘 살고, 친구 엄마도 저에게 정말 잘해 줬어요. 우리 집이랑 분위기가 완전히 달랐어요. 이젠 그 친구도 우리 집에 놀러 오고 싶다고 하는데…….

나는 말을 맺지 못하고 한숨을 내쉬었다. 그러자 아저씨가 어깨를 토닥여 줬고, 나는 그동안 눌러 왔던 속마음을 털어

놓았다.

- 우리 집은 담도 다 허물어져 가고, 엄마도 좀 다른 엄마들이랑 다른 것 같고 해서… 친구가 눈치챌까 봐… 그냥 시간이 없다고 둘러댔어요. 그런데 거짓말을 한 것 같아 자꾸 찔리고, 친구도 나에게 거절당했다고 생각할까 봐 속상해요.

아저씨는 내 말을 듣고 놀란 눈치였다. 순간 도시에서 온 아저씨가 과연 나의 처지를 이해할 수 있을까, 하는 생각이 머릿속에 스쳐 지나갔다. 아빠는 도시에서 사업을 하다 망해서 이곳으로 내려왔고, 마을의 빈집과 농지를 빌려 농사를 지어 왔다. 올해 중학교 3학년이 된 나와 초등학교에 입학한 여동생 은서는 이곳에서 태어나고 자랐다. 아빠가 어떻게 엄마를 만났는지에 대해서는 한 번도 듣지를 못했다. 아빠는 코앞에 학교를 두고도 학생 수가 좀 더 많은 면 소재지의 학교로 우리를 보내어 그러잖아도 친구가 없는데 더 사귀기 어렵게 만들었다. 그래 봤자 도토리 키 재기로 학년에 학급이 하나이기는 마찬가지인데도 말이다.

내가 초등학교에 입학하자, 아빠는 옆 동네에 사는 상주 아저씨에게 나를 부탁했다. 아저씨가 귀농하기 전 대기업에 다녔고, 서울의 명문대를 나왔다는 소문이 동네에 파다했다. 나로서는 아빠의 행동이 내키지 않았지만 나라고 마냥 시간을 죽이고 있는 것이 마음 편하지는 않았다. 그런데 아저씨는 뜻밖으로 두발자전거 타는 법, 공공 도서관 이용법, 그리고 수영을 기초부터 가르쳐 주었다. 아저씨가 학습지 문제를 풀게 할 줄 알았는데…. 나는 아저씨와 도서관에 가서 책을 읽거나 수영을 배우는 시간보다는 끝나고 나면 아저씨가 사주는 아이스크림이나 햄버거를 먹는 시간을 더 손꼽아 기다렸다. 아저씨는 그러한 사실을 알면서도 슬쩍 눈감아 줬다.

마을 주변에는 친척도, 놀 친구도 단 한 명도 없다. 자전거 타는 일 이외에는 취미나 특기를 배우기도 어려웠다. 동네 사람들은 대부분 노인으로 백 세에 가까운 분들도 있다. 상주 아저씨처럼 60대 초반인 농부는 이곳에서는 아주 젊은 청년에 속한다. 동네에서는 하루가 멀다고 어떤 어르신이 병이나서 누웠다, 누가 돌아가셨다 하는 소리가 일상이다. 요즘은 어르신이 아니라 그분의 자식이 먼저 하늘나라로 갔다는 이야기도 심심찮게 들려왔다.

달리다 보니 엄마가 일하고 있는 밭모퉁이가 보였다. 깜짝 놀라 얼른 자전거를 돌려 나가려고 하는데 엄마에게 들켜 버렸다. 엄마의 크고 투박한 목소리는 언제 들어도 사람을 질리게 한다.

- 은수야! 동생 봐야지 어디를 그렇게 싸다니니? 냉큼 들어가지 못해! 엄마 정말 죽는 꼴 볼래!

엄마의 쩌렁쩌렁한 목소리에 머리가 흔들렸다. 순간적으로 은서의 얼굴이 떠올랐지만, 나는 고개를 절레절레 흔들었다. 자신만 보면 찰싹 달라붙어 이것 해 달라 저것 해 달라 징징거리는 여동생의 모습을 생각만 해도 절로 얼굴이 찡그려졌다.

오늘도 자전거로 이웃 마을까지 가 봤지만, 허탕을 쳤다. 어느 구석에도 뛰어노는 아이들의 모습은 보이지 않았다. 문득 SF 영화에 나오는 장면이 떠오른다. 핵전쟁으로 모두 죽고 최후의 생존자만 남은 폐허가 된 도시에서 사람을 찾아다니고 있는 그런 기분마저 든다. 이곳은 문방구도 없고 구멍가게조차 없다. 갑자기 학교 친구들이 그리워졌다. 친구들은 지금 무얼 하고 있을까. 지금 모두 학원에 가서 열심히 공부하고 있을 텐데 나만 혼자 뒤처지고 있다는 생각이 들면서 슬며시 심통이 났다.

그때 마을회관에서 어르신들이 꾸역꾸역 밖으로 나왔다. 낮에 에어컨 밑에서 더위를 피하고 점심까지 해결한 어르신들이 해가 기울자, 보행기를 밀며 각자의 집으로 향하는 구부정한 모습이 거북이들의 행렬처럼 한없이 느리게만 느껴졌다. 정자나무 뒤로 일단 몸을 피한 나는 조금 기다려 보았으나 시야에서 영원히 사라지지 않을 것 같은 노인들의 걸음에 속이 새까맣게 타들어 갔다. 스트레스를 받아서인지 갑자기 귀가 먹먹하고 모든 게 정지된 것처럼 느껴졌다. 나는 애꿎은 나무 밑동만 발로 걷어찼다.

투덜대고 있던 나의 머릿속에 갑자기 며칠 전 일이 떠올랐다. 달이 높이 뜬 새벽이었다. 마당에 묶어 놓은 해피가 미친 듯이 짖어서 가족이 모두 깼다. 평소와 다른 해피의 행동에 아빠가 현관문을 박차고 나와 보니 이웃에 혼자 사는 윤씨 할아버지가 흙투성이의 맨발로 문 앞에 서 있었다. 어디서 넘어져 굴렀는지 종아리며 팔뚝은 살이 까져 피멍이 들어 있었다. 온통 더럽혀진 속옷 바람으로 눈에 초점도 없이 노인은 "여기가 어디야?"라는 말만 계속 웅얼거렸다. 나는 아빠 뒤에 숨어서 노인의 기괴한 모습을 훔쳐보았다. 그날 몹시 놀란 나는 며칠을 끔찍한 괴물이 뒤쫓아오는 악몽까지 꾸었다.

나는 친구가 없는 이 마을이 싫다. 친구가 없을 뿐만 아니라 눈만 뜨면 온통 누가 돌아가셨다, 치매에 걸렸다더라 같은 안 좋은 소식만 들려온다. 오늘따라 가슴이 더 답답해 폭발할 지경이다.

나는 산마루를 향해 전속력으로 페달을 밟았다. 더 이상 자전거가 올라갈 수 없을 때까지 페달을 밟고 또 밟았다. 마침내 고갯마루까지 올라온 나는 바닥에 털썩 주저앉아 울음을 터뜨렸다. 그렇게 한참을 울고 났더니 그새 어둠이 짙어지고 있었다. 마을에는 집마다 불이 들어와 등불이 동동 떠 있는 것처럼 보였는데, 끄트머리에 있는 우리 집에는 아직 불빛이 안 보였다. 순간 혼자 방에서 놀다 지쳐 잠이 들었던 은서가 마루 끝에 나와 무섭다고 바둥거리며 울고 있는 모습이 눈에 선했다. 뒤통수를 때릴 듯 주먹을 들어 올린 성난 엄마의 얼굴도 겹쳤다. 그제야 정신이 번쩍 난 나는 엉덩이의 흙도 털지 못한 채 집을 향해 전속력으로 자전거 페달을 밟았다.

**김채옥**

임상심리전문가
2019년《미니픽션》신인상 수상
2022년《문예바다》수필 신인상 수상

# 소원을 들어줘

김민효


사회복지사는 환자 명단부터 나눠 주었다.

지난 한 주 동안 임종한 환자는 모두 일곱 명이었다. 가장 젊은 환자인 해피보이 이름도 보였다. 봉사자님 땡스, 땡스. 지난주에 들었던 그의 목소리가 아직도 생생했다. 랩을 흥얼거리며 고개와 어깨를 흔들던 모습, 내년에는 아프리카 오지 여행을 떠날 거라며 의지를 다지던 모습이 선했다. 한 주 사이 그가 초고속 급행열차를 타고 홀연히 떠났다는 것인데…. 활기찬 모습으로 아프리카를 향해 떠난 것이라고 나는 애써 마음을 추슬렀다.

매주 듣게 되는 소식이지만 임종 환자들의 명단을 볼 때마다 손부터 떨린다. 팔다리가 퉁퉁 부어 진력을 쏟았던 환자, 뼈에 무리를 주지 않기 위해 손의 압력을 최소화했던 마른 환자, 쉽게 구부러지지 않거나 잘 펴지지 않는 팔다리를 부드러워질 때까지 주물러야 했던 환자 등. 그들의 맨살과 뼈의 감촉들을 손이 기억하고 있기 때문일 것이다.

  - 급하게 변경한 일정이 여러 건이네요. 그중 패스맨 님의 일이 가장 걱정입니다. 언제나 그랬듯 성사 여부는 하늘에 맡겨야겠지요? 두 분 서둘러 주세요.

사회복지사는 윤과 나를 번갈아 보며 말을 맺었다.

패스맨의 상황이 급격히 나빠졌다는 뜻이었다. 예정대로라면 패스맨의 가족 상봉은 이틀 뒤인 12월 26일로 잡혀 있었다. 몹시 당황스러웠다. 소원 들어주기 프로그램이 처음인데다 오후엔 가족 모임이 약속되어 있었다. 사수이자 파트너인 윤은 개의치 않은 듯했다. 그는 인천항에 계류 중인 패스맨의 자동차를 가져오겠다며 황황히 떠났다. 패스맨의 가족 상봉 성사 여부는 윤의 어깨에 달린 셈이었다.

미국 실리콘밸리 첨단기업 연구원이었다는 서른 살의 패스맨은 괴곽하고, 무례하고, 거만했다. 분노와 짜증이 뒤섞인 말투를 비명처럼 내지르며 간병인과 봉사자, 그리고 같은 병실 환우들의 접근을 거부했다. 사흘을 견디는 간병인이 없었다. 환자 명단 속 그의 비고란에는 '서비스 거부 혹은 패스'라는 문자가 지워지질 않았다. 자신의 상황에 대한 분노인지, 원래 그런 성격인지 판단하기는 어려웠다.

의사와 간호사 외에 전혀 곁을 내주지 않던 그가 '소원 들어주기' 프로그램을 신청한 것은 정말 뜻밖이었다. 가장 놀란 사람은 의사였고, 가장 반긴 사람은 자신이었다고 사회복지사는 말했다. 그의 요청은 모바일 초대장이란 형식으로 들어왔다. 윤에게는 그의 자동차를, 나에게는 그의 반려견을 정해진 시간에 데려오라는 요청이 각각의 초대장에 적혀 있었다. 의외인 것은 자신의 가족을 반려견과 자동차로 한정한다는 내용이었다.

초조한 시간이 속절없이 흘렀다.

나는 상담실과 햇살방 사이를 여러 차례 오갔다. 상담실은 북적거렸고, 햇살방 주변은 정적에 싸여 있었다. 모든 진료 행위가 중단된 방인 만큼 패스맨의 상황이 몹시 궁금했다. 문에 걸린 '휴식중'이란 팻말을 보자 내 손가락들이 움찔했다. 그의 체온과 생의 기운을 내 손이 기억하는 한, 처음 그에게 느꼈던 생각과 기대는 변할 수 없었다.

그는 엉뚱한 곳에 불시착한 낯익은 이방인이며, 머지않아 엔진을 정비하고 좌표를 수정해서 유능한 연구원의 일상으로 돌아갈 사람처럼 여겨졌다. 아닌 게 아니라 그의 행동은 몹시 수상했다. 그는 산책로 끝에 서서 안절부절못하며 언덕 아래를 내려다보았는데, 내 눈에 띈 것만도 세 차례나 되었다. 내려다보이는 곳에는 자동차 전시장과 정비소들이 밀집해 있었다. 비행기 비슷한 물체는 보이지 않았다. 당연하게 여겼다. 그것은 격납고 안에 들어가 있을 테니까. 이제 비행기에서 자동차로 바뀌었지만 내 생각이 달라진 것은 아니었다.

초조감이 극에 달했다.

그때 코발트색 낡은 자동차가 후문 쪽에 멈췄다. 차에서 내린 사람은 윤이었다. 그는 양복에 넥타이를 맨 차림새로 파티장에 막 도착한 손님처럼 보였다. 붉은 코트를 입은 나보다 그가 훨씬 더 화사해 보일 것 같았다. 흰색 코트에 사슴뿔 머리띠를 한 사회복지사가 다가왔다. 우리는 동시에 하늘을 올려다보았다. 구름 사이로 가느다란 빛살이 몇 가닥 보일 뿐, 오후 4시의 하늘은 몹시 무거웠다.

때맞춰 의사와 간호사의 부축을 받으며 패스맨이 걸어 나왔다. 그는 정장 차림에 외투를 입고 고급스러운 양가죽 구두도 신었다. 하지만 걸음마를 막 배운 아기처럼 그의 발은 온전히 바닥을 디디지 못했다. 그마저 몇 걸음 떼어 놓지 못하고 가쁜 숨을 몰아쉬었다. 비로소 그가 자동차를 바라보았다. 순간 눈빛이 형형해지며 얼굴 근육이 마구 실룩댔다. 두 손도 심하게 떨었다.

윤이 패스맨을 안고 운전석에 탔다. 그리고 양손을 감싸 핸들에 대 줬다. 이윽고 자동차가 움직이기 시작했다. 시속 10킬로미터도 되지 않는 속도였다. 그때 야외주차장 쪽에서 개가 달려왔다. 개의 목줄을 잡은 사람은 패스맨의 엄마였다. 그녀의 손은 퍼렇게 얼어 있었다. 개는 자동차를 향해 마구 짖어 대며 날뛰었다. 그녀가 개를 안아 내게 넘겨줬다. 나는 나의 반려견에게 하듯 녀석의 등을 쓸며 낮게 속삭였다.

- 아가야, 진정, 진정해야지.

윤이 자동차에서 나와 조수석 문을 열었다. 문이 열리자, 내 품을 벗어난 개가 잽싸게 조수석으로 올라탔다. 역시 녀석은 영리했다. 패스맨에게 돌진하지도 크게 짖지도 않았다. 녀석은 낑낑대며 패스맨의 얼굴을 정신없이 핥기 시작했다. 패스맨의 입에서 꺽꺽 소리가 새어 나왔다. 몇 가닥 햇살이 패스맨의 얼굴에 들이쳤다. 자동차 문을 닫아 주고 우리는 몇 걸음 물러났다.

잠깐 비쳤던 햇살은 이내 구름 사이로 사라졌다. 가로등에 매달린 스피커에서 크리스마스 캐럴이 흘러나오고 있었다. 언제부턴가 눈이 내리기 시작했다. 파티에 초대된 우리는 눈

사람이 될 때까지 패스맨의 가족 상봉을 지켜보았다.

## 김민효

《작가 세계》에「그림자가 살았던 집」으로 등단
소설집『검은 수족관』『그래, 낙타를 사자』『빛나는, 완전범죄』미니
픽션집『술集』(공저) 외

# 옥탑방 다람쥐

박동섭

    내가 거주하던 빌라 맨 꼭대기 층에 옥탑방 한 칸이 있었다. 바람을 쐬거나 빨래 널러 옥상에 올라갈 때면 옥탑방 문 앞에 놓인 흙 묻은 신발을 자주 볼 수 있었다. 말라 쩍쩍 갈라진 흙 묻은 신발은 마치 전쟁터에서 돌아온 병사처럼 처절해 보였다. 그 신발을 보면 지난 수십 년간 부모와 형제 등골 빼가며 편안하게 공부했던 나 자신이 부끄럽고 심한 자책감마저 들었다. 인간의 사회적 본질은 노동이라고 하지만, 나는 노동 가치를 자본화할 능력도, 흙 묻은 신발 주인처럼 현장에서 땀 흘려 일할 의지도 빈약한 반풍수에 지나지 않았다.

    어느 날, 빨래를 널기 위해 옥상에 올라갔다가 옥탑방 세입자와 눈이 마주쳤을 때, 그가 바로 흙 묻은 신발의 주인임을 알아챘다. 신발 주인은 노동으로 단련된 팔뚝과 그을린 구릿빛 얼굴의 건장한 청년이었다. 내가 먼저 인사말을 건넸다.

"여기에 사십니까? 저는 501호에 삽니다."

청년은 공손함과 쑥스러움을 함께 띤 얼굴로 답했다.

"예……. 집 앞 편의점에서 생수 사시는 걸 몇 번 봤습니다."

청년의 신상이 궁금해 넌지시 말을 돌려 물었다.

"일하시느라 많이 힘드시죠?"

청년은 건설 노무자로 일하고 있는데 전공을 살려 좀 더 큰 회사에 취업하고 싶다는 등 자신의 처지에 대해 솔직하게 답해 주었다.

"요즘 청년 실업이 심각해서 참 걱정입니다."

나보다 더 열심히 미래를 설계하고 있는 청년에게 주제넘은 위로의 말로 대화를 마무리하였다.

며칠 후, 같은 빌라에 거주하는 집주인으로부터 문자가 왔다.

"방문 앞에 생수 놔두었습니다. 우리는 정수기가 있어서……. 세입자가 주고 갔는데 드세요."

집주인의 문자를 보고 횡재했다는 반가움과 함께 '이번 달에도 집세 밀렸습니다.'라고 통고받는 듯한 묘한 감정이 뒤섞였다. 생수를 원룸 안에 들여놓고 답답한 심정을 진정시키려 옥상에 올랐을 때, 옥탑방 문틈 사이로 청소하는 집 주인이 보였다. 그때 말로만 듣던 옥탑방 속을 처음 들여다봤다.

작은 토굴 같은 옥탑방은 내 몸을 구겨 넣고 기거하는 원룸보다 훨씬 좁았다. 가스레인지가 설치된 싱크대는 방과 구분없이 하나로 연결되어, 음식을 조리할 때 배출되는 유해 가스를 그대로 들여 마실 것 같았다.

"여기 살던 청년이 이사 간 모양이죠?"

"서울로 갔어요. 부모님이 일찍 돌아가시고 혼자 살았는데, 형이 같이 살자고 부른 모양이더군."

생수를 주고 간 세입자가 바로 그 청년이라는 것을 직감적으로 알아챘다. 흙 묻은 신발 주인이 갑자기 사라지자 전우가 떠난 것처럼 공허함이 밀려왔다. 흙 묻은 신발을 보며 내가 위로받은 게 분명했다.

누구라도 그렇듯이 나 역시 이상적인 삶의 방식에 대해 갈등하며 살았다. 문학에 대해 환상을 가졌던 학창 시절엔 시집을 구입하면 새색시 맞이하듯 곱게 모셔 놓고 조심조심해서 다루었다. 문학 작품을 볼 때마다 배가 부른 포만감도 느꼈다. 비가 말아 먹은 책조차 버리지 않고 두고두고 읽었다.

공공기관 계약 직원이었던 나는 계약 만료와 함께 실업자 신세가 되었다. 대학을 나오고도 밥벌이 걱정에 노심초사하는 내 처지를 돌아보면서 무엇이 잘못되었고 어디서부터 잘못되었는지 생각할 때마다 그저 한숨만 나왔다. 수입은 변변치 않은데 집세마저 점점 부담으로 다가왔다. 내 처지가 바닥 밑에 있는 지하세계로 떨어졌다.

TV를 켜면 습관적으로 '자연인' 프로그램에 채널을 고정하였다. 반복해서 시청하는 그 프로그램은 재방송조차 외로움이 가득한 내 방을 따뜻하게 데워 주었다. 실직과 건강 등 다양한 사연으로 자연과 함께 생활하는 자연인은 현실 도피가 아니라, 진정 살기 위해서 산으로 섬으로 들어간 것 같았다. 자연인의 집은 대개 작고 소박하고 불편해 보였다. 하지만 그들이 집세 걱정은 하지 않을 거라 생각하니 몹시 부러웠다. 그때 옥탑방이 생각나 바로 집주인에게 전화를 걸었다.

"옥탑방 월세는 얼마인가요?"

"15만 원입니다."

원룸의 반값이었다.

"옥탑방으로 당장 옮기고 싶습니다."

집주인에게 재촉하듯이 방을 옮기겠다고 말했다. 바닥에서 탈출하기 위해서 내가 선택한 것은 더 높은 옥탑방으로 올라가는 것이었다.

옥탑방으로 옮긴 후 집세는 줄었지만, 식비는 좀처럼 줄지 않았다. 돈도 없고 요리 솜씨도 없는 나는 먹방을 반찬 삼아 식사를 하곤 했다. 자연인의 식탁은 밭이나 자연에서 얻는 천연 식재료가 태반이라, 반찬값 걱정할 필요도 없었다. 가끔 유튜브에서 음식 만드는 콘텐츠를 보고 따라 하고 싶었지만 식재료 구입비도 만만치 않기 때문에 엄두를 내질 못했다. 그러다 보니, 나는 식비를 아낄 요량으로 누가 반찬을 준다고 연락하면 날다람쥐처럼 휙 날아갔다.

지인들과 회식을 하던 날, 식당을 나오는데 발이 쉽게 떨어지지 않았다. 테이블에는 반쯤 먹다 남은 김치, 나물, 돼지두루치기 등등 반찬이 나의 다음 끼니를 걱정하며 "필요하지 않아?"라고 묻는 것 같았다. 누군가 계산을 하는 사이, 종업원이 식탁을 치우러 우리가 방금 일어선 테이블로 다가갔다.

나를 겹겹이 둘러싼 수많은 페르소나, 나는 이것들을 순식간에 확 잡아당겼다. 내 얼굴을 겹겹이 싸고 있던 수많은 껍질이 뜯겨나가고, 창백한 조명이 맨 얼굴에 쏟아졌다. 나는 성큼 테이블로 걸어가 종업원에게 말했다.

"남은 반찬 포장 좀 해 주세요."

내 말에 종업원이 나를 돌아보았다. 내 얼굴이 붉어졌을지도 몰랐다. 그런데 생각보다 창피하지 않았다. 종업원은 그런 나를 오히려 반기는 것 같았기 때문이었다.

꼬깃꼬깃 포장한 음식을 넣은 백팩을 맨 내 뒷모습은 흡사 다람쥐 등처럼 볼록했다. 꼬리 치켜올리며 당당히 먹이 활동하는 다람쥐는 곳곳에 먹을거리를 모아 놓아서 한겨울에도 굶어 죽는 일은 없다. 당당한 다람쥐가 되기로 결심한 후, 나의 냉장고에는 얻어 온 음식들로 빼곡했다. 마치 자연인의 풍성한 식탁처럼. 나는 다람쥐처럼 하나하나씩 꺼내 먹었다. 아득히 먼 옛날 동굴 속에서 조상들이 그랬던 것처럼. 내 입은 행복했다.

## 박동섭(본명 박병구)

2020년 월간《문학세계》시
2021년《아동문예》동시
2022년《나래시조》시조,《영호남수필》수필 등단

# 위로의 방향

이지희

   며칠째 진혁에게서는 연락이 없다. 기훈은 혹시나 하고 자주 찾던 포장마차 안을 기웃거렸다. 때마침 포장마차 여주인과 시선이 마주쳤고, 내처 포장마차 안으로 들어가 자리를 잡았다. 진혁이는 어디로 가고 오늘은 혼자여? 포장마차 여주인이 어묵꼬치 몇 개를 서비스라며 얹어 줄 때에야 기훈은 자신의 얼굴이 점점 불콰해지고 있다는 것을 알았다. 벌써 몇 시간째 혼술인가. 금요일 밤이어선지 자리마다 술기운이 우럭우럭했다. 홀로 앉은 사람에게 모두가 무감해도, 그것이 포장마차의 오랜 관성임을 기훈은 잘 알고 있었다. 고독의 그림자를 포장하지 않아도 되는 포장마차. 그럼에도 기실 혼술의 뒷맛은 씁쓸했다. 더구나 이 포장마차의 이름은 '두리포장마차' 아니던가. 아니다. 두리라는 이름도 기훈만의 짐작일 뿐이었다. 포장마차 파란 천막에 지워져 나간 첫 자가 무엇인지, 포장마차 여주인만 알 것이다. 천막에는 두 번째 글자인 '리'가 남아 있었지만 아무도 포장마차의 지워진 첫 자에는 관심이 없었다. 같이 붙어 있던 글자가 사라지면 지워지지 않은 글자까지도 종종 버려졌다.

형, 곱창전골 안주를 누나가 새로 했다던데 비리지도 않고 맛 죽이더라. 8시 거기서 봐. 보름 전만 해도 잔뜩 상기되어 있었던 진혁의 목소리가 떠올랐다. 그러고 보니 진혁은 늘 포장마차를 '거기'라고 불렀고, 여주인을 누나라 불렀었다. 두리, 백리, 십리. 아무려면 어떤가. 술맛이랑 어묵탕 맛이 좋으면 되지라고 생각하고 있을 때 여주인이 걱정의 현을 야무지게 짚는다.

"진혁이가 요전 답에 회사 안 다닐 거라고 하던데, 잔뜩 취해서 한 말이긴 해도… 무슨 일 있는 거 아녀?"

진혁이 자식, 겉으론 괜찮은 척해도 취기에 내뱉은 한마디란 가공되지 않은 속마음일 것이다. 그래도 포장마차 누나에게 마음자리를 까 보였던 것을 알고 나니, 기훈은 내심 누나의 존재가 미더워졌다. 진혁은 기훈보다 한 살이 적은 입사 동기였고 늘 호기가 등등했다. 그런데 진혁이 얼마 전 회사가 경쟁사에 매각될 수 있는 위기 상황에 대비해 소신발언을 한 것이 내부 프로젝트와 관련한 양심선언이 되어 버린 것이다. 진혁은 1년 동안 매진했던 프로젝트가 오픈되지도 못한 채 기획 수정과 개발만 반복하는 데 회의를 느꼈었다. 경쟁 사가 아직 개시하지 않은 서비스라도 먼저 개시할 수 있다는 주장을 폈고, 무엇보다 탑다운이 아닌 바텀업의 분위기를 조성하자고 목소리를 높인 게 화근이었다. 진혁은 눈엣가시로 여기는 자들로 인해 불편과 긴장의 생활을 지속했고, 급기야 희망퇴직을 신청해 버렸다. 회사의 압박을 이기지 못한 진혁의 선택은, 그야말로 북풍보다 더 센 태양이 이겨 버린 나그네의 외투 벗기기였다. 기훈은 진혁에게 어떤 손을 내밀 수 있을지 애면글면 위로의 말들을 장만했다. 그러다 프로젝트 전체 팀 회식 자리에서 진혁을 감싸고픈 기훈의 속내가 봇물 터지듯 흘러 버린 것이다.

말이 좋아 희망퇴직이지 해고의 우회적 술책 아닙니까. 솔직히 프로젝트가 솔루션 없이 같은 맥락으로 반복만 된 것이 하루 이틀입니까. 그리고 희망퇴직이라도 실업급여가 있어야지요. 얼마의 위로수당이 말이 됩니까. 저도 사표를 내겠습니다. 임원들은 그런 건 총무 팀의 일이라고 발을 빼면서도 기훈에게 그만하라는 듯 눈총을 쏘았다. 그 후 진혁은 한동안 여러 날에 걸친 결근계를 제출했고 연락조차 되지 않았다.

그제야 기훈은 지금쯤 혼자 잠들어 있을 민지가 생각났다.

"민지야, 아빠 요 앞 포장마차에서 진혁 삼촌 있는지 보고 올게. 늦으면 먼저 자. 응? 진혁 삼촌 알지?"

"진혁 삼촌 토닥토닥해 주러 가는 거야?"

다섯 살짜리가 위로의 의미를 알고 있기라도 한 걸까. 진혁이와의 전화 통화를 한 번 듣고는 토닥토닥이라는 말을 생각해 낸 딸이 기훈은 기특하기만 했다.

진혁은 민지가 좋아하는 반반치킨을 사서 기훈의 집에 가끔 놀러오곤 했는데, 몇 달 전엔 양념치킨을 빼고 후라이드 치킨만 사 와서는 담담하지만 결의에 찬 어조로 말했다.

자. 형! 이제부터 후라이드 아니고 프라이드야, 프라이드 백 프로! 이혼 그깟 거 별거 아냐.

이혼을 하고 민지를 혼자 키우게 된 기훈에게, 미혼의 진혁이 건네준 진심의 응원은 의례적인 위로는 아니었다. 드문 드문 다가오는 진혁의 위트는 기훈의 해체된 삶에 조금씩 스며들었고 다시 조립되는 데도 한몫을 톡톡히 했다. 기훈은 얼룩진 겨울 솜이불을 걸어 내리라 다짐했고 이른 봄 이불을 덮고도 쿨쿨 깊이 잘 수 있었다.


기훈이 포장마차를 나오려던 찰나였다. 포장마차 여주인

이 기훈의 앞으로 재바르게 나오더니 우물거리듯 입을 열었다. 진혁이 말인데…… 음, 그러니까…… 여주인은 무언가를 말하고 싶어 하는 눈치였으나, 재바른 동작에 비해 굼뜨기 짝이 없는 말로 이내 끝을 맺고 있었다. 아, 아니여, 암 것도 아니여. 어여 가서 자. 기훈은 쓴웃음을 한번 짓고는 민지가 혼자 잠들어 있을 집을 향해 걸음을 재촉했다. 외양과 다른 투박한 말투만 지닌 줄 알았더니 싱겁이 기질도 있군.

여주인에 대해 이런 생각이 들 때서야, 속 시원하게 뭔가 말 좀 해 보라고 되쳐 묻지 않은 것이 후회가 되었다. 한밤중에도 스산한 구름은, 상호를 알 수 없는 포장마차 휘장처럼 덮여 있었다. 겨울 칼바람이란 밤만 되면 유독 포효하는 맹수처럼 요란한 소리를 냈다. 기훈은 넥워머를 코와 귀까지 당겨 덮었다, 마스크와 귀마개까지 멀티 기능을 하는 넥워머를 당겨 덮을 때마다 민지는 말했다. 아빠 코랑 입이 안 보이잖아. 그거 벗어, 아빠. 기훈은 혼잣말로 딸에게 어리광을 부리듯 삽삽하게 읊조려 보았다. 민지야 아빠 춥단 말이야, 아빠도 추워……. 기훈은 이혼한 이후로 멀티를 장착해야만 했다. 민지의 옷을 빨고 간식거리를 장만하고 커 가는 민지의 학용품을 마련하는 보통의 엄마 역할도 해야 했다.

그림 그리기를 좋아하는 민지는 어린이집에 가는 시간을

제외하고는 거의 모든 시간을 엎드린 채로 그림을 그렸다. 흰 도화지에 36색 크레파스를 꺼내 놓고 바다와 산, 놀이공원을 그렸다. 놀이공원을 그리면서 민지는 아빠에게 졸랐다. 아빠 우리 이거 또 타자. 또 타고 싶어. 민지의 그림 안에는 일곱 마리의 말이 중간축을 중심으로 돌고 있었다. 기훈의 아내와 민지랑 세 식구가 함께 탔던 회전목마였다.

　기훈은 잠든 민지의 머리카락을 매만졌다. 다음 주 주말에는 민지랑 놀이공원에 가서 회전목마를 타고, 내일은 크레파스를 새로 바꿔 줘야겠다고 생각했다. 민지는 회전목마 일곱 마리를 각기 무지개색으로 색칠하기를 즐겼다. 자주 칠하는 파랑, 초록, 노랑 크레파스 몇 가지는 늘 닳아 있었다. '부러지지 않는 단단한 36색 크레파스'라고 적혀 있었지만, 자주 쓰는 색은 쉽게 부러졌다. 기훈은 단단하다는 것이 도대체 뭔지 짙은 회의감이 밀려 왔다. 진혁의 가장 가까운 동료로서, 뜻을 같이하는 동지로서, 의리와 절개를 지키는 것이 단단한 삶일까. 제법 단단하다고 믿었던 자신도 한낱 홍모처럼 여겨졌다. 아빠, 파랑, 초록, 노란색이 너무 작아졌어. 민지는 닳은 색깔을 조목조목 말했었다. 그렇게 몇 가지 색깔만 따로 살 순 없을 텐데. 사려면 통째로 버리고 새것을 사야 돼, 기훈의 말에 민지는 이내 어른같이 마뜩잖은 표정을 지었다.

기훈은 결심이라도 한 듯, 민지의 36색 크레파스를 케이스 째 통째로 휴지통에 넣었다. 크레파스는 휴지통에 거꾸로 처 박혔다. 기훈은 핑크 공주가 그려진 화려한 크레파스 케이스 를 오랫동안 바라보았다. 저 안에는 한 번도 칠해지지 않은 채 두 동강 난 색깔도 있겠지. 아직 버려질 때가 오지 않은 것이 닳아진 무엇인가와 운명을 같이 할 수 있다는 것은 배 려를 빙자한 허세가 아니라면 베짱이거나 체념 둘 중 하나이 리라 그런 생각을 했다.

부서는 옮겼지만 동료애라는 게 뭐겠어요. 진혁 씨랑 뜻을 같이하는 기훈 씨 보고 정말 사나이답다는 생각을 했어요……. 맞다는 생각이 들면 당당히 말할 수 있는 용기, 누군가는 그 렇게 앞장서야 하지 않겠어요……. 애사심을 그렇게 표현했 다고 생각해요…….

자존심의 마지노선을 헐면 그 뒤에 뭐가 남을까요. 회사 측의 회유를 받아들여요. 민지 키워야 되잖아요. 기훈을 아 는 사람들이 건넨 색색의 말들은 모두 일리가 있었고 경도될 법한 소리였다. 쓰지도 달지도 않았다. 민지를 위해 눈 한번 딱 감고 회사를 다닌다 해도 진혁은 번복하는 나를 이해할 거야. 아니야, 그건 사내로서 진혁이에게 못 할 짓이지. 온종

일 기훈의 생각들은 풍등처럼 날아올랐다가 금세 사라지곤
했다. 각각의 조언들은 색색의 무지갯빛 말들이 되어 회전목
마처럼 빙빙 돌았다. 꿈속에서 민지는 회전목마에 올라타서
외쳤다.

아빠, 아빠 무슨 색깔 말을 탈 거야? 아빠도 얼른 타.

그래 민지야, 아빠가 어떤 말을 타야 할까. 기훈은 진혁에
게 어떤 말을 해주면 온당할지 꿈속에서조차 내내 갈팡질팡
했다. 눅진하게 젖은 식은땀의 체열 때문인지, 환청 같은 새
벽의 알람이었는지 기훈은 핸드폰을 그러쥐었다. 장문의 문
자메시지가 도착해 있었다.


형. 난 괜찮아, 곧 결혼도 해야 하고 거주지도 옮겨야 하니,
이참에 사업이나 해 볼까 해. 잘 됐어. 생활반경을 넓힌다
생각하면 그것도 괜찮고. 형, 그리고 삼호네거리 조야치킨
있지? 그거 내가 인수받아 놨어. 보증금 천, 월세 50. ㅎㅎ
민지가 치킨 좋아한다고 나중 치킨집 하고 싶댔잖아. 내게
기대도 돼. 형.


그리고 추신…. 깜짝 놀랄걸. 포장마차 누나, 누나 아니야,
나보다 2살 적대 ㅋㅋㅋ

대박! 어쩐지 동안이다 했더니. 근데 누나라 생각하면 누나가 되는 거고 뭐. 그렇지.

그렇지, 생각한 대로 보이는 것이 맞지. 기훈은 뒤통수를 맞은 듯 얼얼했다. 아득하게 너른 듯한 진혁의 무연함 그 끝은 어디인 걸까. 그 와중에 농담 같은 팩트 폭격이라니. 맞게 여기면 맞는 쪽으로 흐른다고 믿는 쪽이 위로도 건넬 수 있는 것일까. 어떤 행동이 진혁에게 위로가 될지 고민했던 시간이 부끄러워 기훈은 땀이 배는 손바닥을 비벼 댔다. 포장마차의 이름은 연음법칙을 따르는 '두리'가 맞을 거라는 확신까지 생뚱맞게 들었다. 서로 간의 위로는 방향이 아닌 질감으로 다가가는 것이려니. 기훈은 꿈나라에 빠진 민지의 볼을 연방 쓰다듬었다. 잠시 마지막 새벽어둠이 휘우듬하게 기울다 사라진 것도 같았다.

**이지희**

시인, 전 방송작가 및 라디오 MC
아르코 작품선정수혜. 대구문화예술진흥원 문학작품집발간 선정
시집 『아침 수건을 망각이라 불러야겠어』

# 탐정의 시간

김경

    우리 세 여자가 철썩거리는 여름 바다 앞에 선 것은 모래 사장에 막 석양이 내리기 시작할 무렵이었다. 밝지도 어둡지도 않은, 경계의 시공간이 주는 신비로움은 아마도 타 도시로 떠나온 흥분 같은 것이 작용한 탓이었을 것이다. 해운대 주차장에서 명우가 우릴 기다리고 있었다.

    "너희들 족집게니? 우리 마누라 없는 줄은 어떻게 알고 말이야."

    "은주 씨 없어? 어디 갔는데?"

    "호주 갔어. 처제가 얼마 전에 이사했다고 애들 데리고 함 다녀가라고 해서."

    "방학인데 너도 같이 가지 왜?"

    "나는 비행기 타는 거 싫어. 내 덩치를 봐라, 그 갑갑한 의자에 숨 막히지."

"와, 잘 됐다. 괜히 너 불러내서 미안할 뻔했는데."

일탈에 푹 빠진 은영이 속사포로 수다를 쏟아 냈다. 혼자 운영하는 작은 카페를 동생에게 맡기고 온 참이라 더 신이 나 있었다. 명우의 아내가 없다는 말에 완전 굿 타이밍이라 외치며 경희까지 수다에 동참했다. 부산의 모 고등학교 체육 교사인 명우는 고향의 여자 동창들이 득달같이 부산으로 달려오는 용기를 언제나 높이 샀다. 덩치로 보나 성품으로나 친구라기보다 오빠 같은 느낌의 명우는 여자 친구들에게 인기가 많았다. 같이 있으면 푸근하고 든든한 존재라 이따금 우리는 바다를 핑계 삼아 명우를 찾아가곤 했다. 모래사장에서 웃고 떠들고 사진을 찍다 보니 어느새 해가 바닷속으로 침잠하고 있었다.

명우가 예약해 둔 식당은 여러 나라의 음식들이 화려하게 세팅된 고급 뷔페였다. 우리는 본전 생각이 나지 않을 만큼 먹고 또 먹었다. 여사친들이 자신을 만나러 부산에까지 온 것이 흐뭇했는지 명우는 무엇이든 해 주고 싶어 안달이었다.

식당을 나와 바다가 훤히 내려다보이는 H 호텔의 라운지로 자리를 옮겼다. 밤바다의 출렁이는 파도를 내려다보며 마시는 커피 맛은 일품이었다. 바닷가에 즐비한 건물들로부터 쏟아져 나오는 형형색색의 불빛이 한층 분위기를 돋우었다.

무대에서 기타 치며 노래하는 가수의 목소리는 또 어찌나 감미롭던지. 타지에서의 자유로움에 한껏 빠져 남은 한 모금까지 커피를 탈탈 마실 참인데 명우는 같이 갈 데가 또 있다며 우릴 다그쳤다. 가방과 옷을 챙기며 일어서는데 갑자기 명우 안색이 노래졌다.

"어, 이상하네. 분명히 주머니에 넣었는데."

온몸을 더듬다가, 앉았던 자리를 샅샅이 살피던 그가 지갑이 없어졌다고 했다.

"아까 식당에서 계산하고는 곧바로 이리로 왔는데 참 귀신이 곡할 노릇이네."

지갑 속에는 각종 카드와 외국으로 운동 심사 가기 위해 환전한 달러까지 적잖이 들어 있단다. 아, 이런 낭패라니. 우리가 느닷없이 부산으로 달려온 것이 잘못이었나. 욕심스레 먹은 비싼 음식들이 뱃속에서 거북하게 꿈틀거렸다. 그 자리에 못 박힌 듯 어찌할 바 모르는 명우를 보며 그날 다분히 즉흥적이었던 행보가 속으로 후회되기 시작했다.

그 어정쩡한 불편함에서 벗어나고자 우리는 필사적으로 머리를 굴리기 시작했다. 들어오던 시점부터 필름을 돌려보니 우리가 라운지에 들어오고 나서 한 무리의 젊은 남자들이 들어왔다는 것, 이후는 아무도 들어오거나 나가지 않았다는 사실에 초점이 맞춰졌다. 그리고 명우가 화장실에서 나오다가 그들 중 한 사람과 마주쳤다는 사실을 알아냈다.

추리가 시작되었다. 바지 뒷주머니에 넣은 지갑이 화장실에 바닥에 떨어졌고 뒤이어 들어온 남자가 그것을 주웠을 것이며 그는 아직 이 공간에 머물고 있다. 지갑 속의 현금이라면 젊은 남자를 유혹에 빠뜨리기 충분했을 것이다. 우리는 최대한 말소리를 낮춰 비밀 모의를 했다.

"경찰을 부를까?"

"아니야, 섣불리 행동해서는 안 돼."

"행여 그들의 소행이 아닐 경우 뒷감당을 어떻게 하려고."

확신과 불신 사이를 오락가락하는 우리를 보며 젊은 여직원과 바짝 마른 몸의 매니저는 안절부절못했다. 우리가 쉬이 포기하고 나갈 것 같지도 않거니와 명우의 체격과 생김새에서 이미 주눅이 든 듯했다.

잠시 뒤, 나와 은영이 출입문을 지키고, 여자 치고는 한 덩치 하는 경희가 명우를 따라 젊은 남자들 쪽으로 걸어갔다. 그리고는 그들 주위를 한 바퀴 휘 훑어보고 나왔다. 명우의 부리부리한 눈, 커다란 키, 우람한 덩치에서 느껴지는 위압적인 포스로 그들을 긴장시킬 계산에서였다. 명우는 저들 중 누군가 지갑을 주웠는지 물어보라고 매니저에게 일렀다. 소리를 낮춘 듯했지만 사실 그들 모두가 들을 수 있을 만큼 작지 않은 목소리였다.

매니저는 선뜻 나서지 못하고 우물쭈물했다. 우리가 요지부동으로 버티고 서 있자 그제야 어쩔 수 없다는 듯 남자들 쪽으로 걸어갔다. 때마침 남자 하나가 자리에서 일어서더니 창가로 가서는 한쪽 문을 활짝 열어젖혔다. 저들 역시 갑갑해서 죽을 지경인 모양이었다. 바닷바람이 비릿하게 창을 넘어 들어왔다. 이러지도 저러지도 못한 채 갇힌 꼴이고 보니 그 심정도 이해는 되었다. 잠시 후 돌아온 매니저는 그런 사람 없다고, 다른 데서 잃어버리지 않았는지 잘 생각해 보라고 일축했다. 매니저는 이제 거의 울상이 되어 있었다.

"이것 봐요. 분명히 여기 들어오기 직전에 내 친구가 지갑을 확인했다니까요. 순순히 내놓으시죠?"

안 되겠다 싶었는지 은영이 몸을 획 돌려 상대측 사람들을 노려보며 확신에 찬 목소리로 소리쳤다. 너무 나가는 것 같아서 나는 조금 불안해졌다.

"섣불리 발뺌할 생각은 아예 하지 말라고요. 우리 중 한 명은 그 유명한 형님의 동생이며, 한 명은 나쁜 손이라면 백 프로 색출해 내는 성질 더러운 현직 학주니까요. 그러니 꿀꺽할 생각 말고 내놓으시죠. 끝까지 시치미를 뗀다면 경찰을 부를 겁니다."

조금 전까지만 해도 조용하던 그들이 드디어 자리를 박차고 일어났다.

"에이 씨, 듣자 듣자 하니 우릴 도둑놈 취급하잖아."

"이보쇼, 우리가 지갑을 줍는 거 봤어요? 무슨 근거로 이러는 겁니까?"

은영을 향해 삿대질하는 남자의 팔을 명우가 잽싸게 잡아 꺾었다. 분위기는 순식간에 험악해졌다. 저쪽 남자 네 명이 한꺼번에 덤빈다면 아무리 운동선수 출신이라지만 명우가 불리한 건 불을 보듯 뻔했다. 여종업원은 허겁지겁 밖으로 나갔고, 매니저는 하얗게 질린 얼굴로 어디론가 전화를 걸었다.

사태는 예상 밖으로 확대될 위기에 처했다. 이제 잃어버린 지갑이 문제가 아니었다. 운동으로 몸이 다져진 명우라지만, 그는 함부로 주먹을 쓸 사람이 아니었다. 그렇다고 위험에 처한 친구를 수수방관할 사람은 더더욱 아니었다. 게다가 며칠 후면 국제 심판 자격으로 출국이 예정되어 있다잖은가. 우리 여자 셋이 명우를 궁지에 몰아넣은 것이나 다름없었다. 저쪽 남자들과 명우 사이는 한껏 당겨진 고무줄처럼 팽팽해졌다. 그야말로 일촉즉발의 상황이었다.

그때, 여종업원이 경찰 두 명과 함께 안으로 들어왔다. 그러고 보니 호텔 맞은편 쪽에 파출소가 간판이 있었던 것도 같았다. 하얗게 질려 있던 매니저의 입에서 안도의 한숨이 터져 나왔다. 우리 여자들도 마찬가지였다. 마치 구세주를 만난 것처럼. 이제 범인을 색출하는 것은 시간문제이며, 지갑도 명우의 손으로 돌아올 수 있으리라고 기대하기에 이르렀다.

경찰이 중 한 명이 모두를 향해 말했다.

"자, 다들 주목하세요."

경찰이 묻기도 전에 젊은 남자들이 목소리를 높였다.

"저 사람들이 생사람을 도둑으로 몰면서, 우리 일행을 협박했다니까요."

"무슨 소리야. 저 남자가 내 친구를 때리려 했다고요. 그리고 저 사람들 도둑 맞아요. 우리 친구가 떨어뜨린 지갑을 슬쩍 했다니까요. 그사이 여기에 들어왔다 나간 사람은 아무도 없었던 말이에요. 선선히 내놓았다면 우리가 얼마나 고마워했겠어요. 안 그래요? 경찰관님들."

양쪽은 일보 후퇴도 없이 각자 목소리를 높였다. 그야말로 말로 벌이는 난투극이었다. 경찰 중 한 명이 버럭 소리를 내질렀다.

"조용히들 하세요. 계속 이러시면 공무집행 방해죄로 모두 입건할 겁니다."

경찰의 말에 모두 입을 닫았다. 숨소리조차 들리지 않을 만큼 조용해지자, 경찰이 명우와 우리 셋을 향해 말했다.

"지갑을 주워 가는 것을 목격했거나, 가져갔다는 확실한 증거가 있습니까? 사실이 아니면 무고죄로 고발당할 수 있습니다. 그리고 이쪽도 마찬가집니다. 습득한 물건을 신고하지 않았을 경우 처벌당한다는 것쯤은 알고 계시죠? 일단 양측 모두 신분증부터 내놓으십시오."

아차 싶었다. 증거, 우리의 추리력을 뒷받침할 바로 그것을 먼저 확보하지 못한 게 문제였다. 그렇다고 우리의 추리가 틀렸다거나 체념한 것은 아니었다. 잠시 초조한 시간이 흘렀다. 내가 시시티브이를 함께 돌려보자고 말하려는 순간 명우가 말했다.

"지갑을 잃어버린 제가 잘못입니다. 결례를 양해해 주시고 없던 일로 해 주시면 정말 감사하겠습니다."

명우는 경찰과 저쪽 일행을 향해 머리를 조아렸다. 아마 신분증을 내놓으라는 말에 움찔했던 것 같았다. 저쪽 일행 역시 신분증을 선뜻 내놓는 사람은 없었다. 명우에게 팔을 꺾였던 남자가 살짝 인상을 구겼을 뿐, 그들 모두는 명우의

사과를 받아들이는 눈치였다. 암묵적으로 합의 아닌 합의가 이루어진 듯싶었다. 잠깐이었지만 오만가지 생각으로 머릿속이 복잡했을 명우를 생각하니, 우리의 추리를 끝까지 밀고 나가자는 말이 나오지 않았다.

출동했던 경찰관들은 자신들의 의무가 끝났음을 홀가분하게 여기는 듯 총총히 사라졌다. 힘없이 자리로 돌아온 우리 일행은 한동안 아무도 입을 열지 않았다. 명우가 침묵을 깨고 자리에서 일어섰다.

"됐다, 그만 가자. 지갑 하나 간수하지 못한 내 잘못이지 뭐."

역시 명우다웠다. 그가 남자다움을 되찾았을 때, 우리는 아직 해야 할 일이 남았음을 퍼뜩 알아차렸다. 명우가 손을 씻어야겠다며 화장실로 간 사이 우리는 각자의 지갑 속을 헤아려보았다. 현금이 있는지, 카드는 챙겨왔는지, 그리고 명우의 명예 회복을 위해 무엇을 해야 할 것인지 등등.

호텔을 나와 1층 주차장에 있는 명우의 차 쪽을 향해 걸어갈 때였다. 내 발에 뭔가 묵직하게 밟히는 것이 있었다.

"어, 이게 뭐지? 지갑인데."

지갑이라는 말에 명우가 부리나케 낚아채서는 안을 뒤졌다. 도대체 어떻게 이런 일이 일어났는지 모르겠다는 표정으로 입을 떡 벌렸다. 분명히 명우의 지갑이었고, 희한하게도 지갑 안은 온전했다.

"이게 도대체 어떻게 된 거야?"

은영이 숨 가쁘게 소리쳤다.

"저기 라운지 창문에서 던졌나 보네."

호텔 위로 고개를 쳐든 경희가 대꾸했다. 우리는 동시에 8층의 라운지 쪽으로 올려다보았다.

우리의 추리는 끝을 향해 달렸다. 경찰이 오기 전에 범인이 어찌할 바를 몰라 창문 밖으로 지갑을 던졌는데 희한하게도 명우 차 몇 대 건너에 떨어진 모양이었다. 명우가 차에서 내릴 때 주머니에서 빠졌다고 하기에는 동선이 전혀 맞지 않았기 때문에 그렇게 사건을 일단락시키기로 했다.

"그 새끼들 내 손에 잡혔으면 뼈도 못 추렸을 건데 운이 좋았구먼."

사실 경찰이 올 때까지 내 시선은 줄곧 라운지 안의 남자들에게 못 박혀 있었다. 창문을 여는 척하면서 주머니에서 무언가를 꺼내 잽싸게 밖으로 던지던 남자를 보았고 어쩌면 그것이 명우의 지갑일지도 모른다는 생각을 순간 했었다. 주차장으로 가면서 혹시나 하는 마음에 어두운 땅바닥을 살폈는데 정말로 지갑이 눈에 띄어 슬쩍 밟은 것이다. 지갑을 찾은 이상 아까의 상황을 구구절절 늘어놓을 마음은 없었다.

모든 것이 제자리로 돌아오자 네 명의 텐션은 다시 상승했고 부산의 밤은 더욱 아름다워지기 시작했다.

**김경**

2013년 《대구문학》 신인상 등단
2019년 수필집 『매혹』 출간
대구미니픽션작가회 회원

# 파블로프의 개

조재훈

'눈물 젖은 빵을 먹어 보기 전엔 인생을 논하지 말라.'

어릴 적 그 말을 들은 이후에 난 친구 놈들한테 두들겨 맞거나 선생님께 맞아 아파하며 눈물을 흘릴 때마다 일부러 빵을 먹고는 했지요. 인생을 한번 논해 보려고요.

그렇게 몇 년이 지나자 나는 인생을 논할 경지에 이른 게 아니라, 빵을 보면 눈물을 저절로 흘리고 있는 나 자신을 발견하게 됐습니다. 나는 어느새 눈물에 관한 한 그 유명한 파블로프의 개가 되었던 것입니다.

인생은 이렇게 때때로 자신이 의도하지 않은 방향으로 흘러가곤 합니다. 그래서 한 치 앞도 모르는 게 인생이란 말이 있는 거겠지요. 아무튼 빵만 보게 되면 내 의지와는 전혀 무관하게 흘리게 되는 눈물, 정말 지긋지긋한 학창시절을 보내지 않을 수 없었습니다. 중고등학교 시절 빵 먹을 일이 좀 많았습니까?

급기야는 빵을 직접 먹거나 보지 않더라도 빵과 연관된 무언가—빵을 담는 접시라든가 빵집 웨이트리스가 입었던 앞치마 등등—를 가까이서 보기만 해도 눈물이 나곤 했다니까요.

어쨌든 세월은 흘러서 나는 학교를 졸업한 후 번듯한 직장에 취업해서 열심히 사회생활을 하게 되었고, 나도 모르는 사이에 다행히 차츰 빵에 대한 콤플렉스는 희미해져 갔습니다.

어느 날인가는 눈물을 흘리지 않고도 빵을 먹고 있는 나 자신을 발견하곤 아주 대견해 할 때도 있었을 정도였습니다. 하기야 직장생활에 부딪히다 보니 꼭 빵이 아니더라도 대뇌 피질 속에서 저절로 작동되는 많은 것들이 있다는 것도 깨닫긴 했지요. 직장 안에서의 하찮은 경쟁, 남들에게서 듣게 되는 평판, 그리고 돈이며 직위에 대한 욕심, 뭐 이런 것들이 파블로프의 개에게 침을 흘리게 하던 빵을 대신하고 있는 거나 아닌지, 때로는 자괴하기도 했습니다.

어쨌든 세월은 흘러 때가 되어 나도 나름대로 아름다운 여인을 만나 연애를 하고 이윽고 가정을 이루게 되었습니다.

결혼생활은 순탄했습니다. 뭔가 좀 께름칙한 일 한 가지만 제외한다면 말입니다. 결혼을 한 이후 예전에 사라졌던 괴로운 습관이 되살아났던 것입니다. 다시 빵을 보면 눈물이 나기 시작한 것입니다. 심지어는 빵 근처에도 가지 않았는데도 갑자기 눈물이 흐르곤 하는 겁니다. 도대체 이유를 몰라 당황하는 날들이 계속되었습니다. 그 이유가 극적으로 밝혀진 건 아내와 차를 마시면서 각자의 어릴 적 얘기를 나누게 됐던 어느 날이었습니다.

제기랄, 아내는 어릴 적 빵집 아이였던 것이었습니다. 내 몸을 키운 8할은 빵이었다니, 할 말 다 했지요. 뭐 그렇다고 그깟 눈물 때문에 결혼생활을 어떻게 하겠다는 건 아니고요.

아내를 피해 밖에 나와서 이 글을 쓰고 있는 지금도 느닷없이 내 눈에선 또 눈물이 흐르고 있네요. 분명 이 근처 어디에서 누군가가 빵을 먹고 있나 봅니다.

지나가던 개가 이상하다는 듯이 나를 쳐다보네요. 세상일이란 역시 한 치 앞도 알 수 없다는 게 맞는 말인 듯하네요.

**조재훈**

1956년 경기도 출생
2010년 문예지《청산문학》시 등단
전 KBS 다큐멘터리 프로듀서

# 805호실

이시언

805호실 문을 밀었다. 창가와 문 쪽에 침대가 놓인 2인실이었다. 바깥 풍경이 보이고 햇볕이 잘 드는 침대는 먼저 온 남자가 차지해 누워 있었다. 남편의 침대는 화장실이 보이는 문 쪽이었다.

"안녕하세요."

"어서 오소."

어서 오라는 인사말을 병실에서 들으니 어색했다. 얼른 나아서 떠나야 하는 곳인데, 어서 오라는 억지스럽지 않은가. 의미 없는 인사말도 그냥 넘기지 않고, 꼬아 들을 정도로 정후는 마음이 좁아 있었다.

"어데가 안 조아서 왔는교. 나는 콩팥에 돌이 찡기가꼬 죽다가 살아 났심더. 어젯밤 응급실로 와서 급히 수술했지라. 돌이 아홉 개 나왔다 캅디더."

"아⋯⋯. 네."

달리 할 말이 없던 정후는 고까짓 거 하는 생각을 했다. 병의 무게로 본다면 콩팥에 박힌 돌은 위암에 비할 바 아니다. 박힌 돌이야 어떤 식으로든 뽑으면 되는데, 암이란 얼마나 잔인하고 끔찍한가.

한 달 전, 조직검사 결과를 보러 간 날이었다. 심각한 표정의 의사와 마주했을 때 정후는 남편의 병이 예사롭지 않음을 눈치챘다. 위로의 말부터 건네는 의사의 배려가 오히려 섬뜩했다. 똑 부러지게 결과를 말하지 않고 궁금하지도 않을 일상에 관한 질문을 하며 말을 돌리는 의사에게 정후가 노골적으로 물었다.

"암입니까?" 의사는 고개를 끄덕였다.

남편의 얼굴이 일그러지면서 일순간 핏기가 사라졌다. 정후도 무엇에 맞은 것처럼 정신이 휘청거렸다. 몸속의 수분이 수증기로 모두 증발하여 밖으로 삐죽삐죽 새어 나오는 것처럼 눈에서도 이마에서도 코에서도 물기가 배어 나왔다. 시야가 흐려졌다. 무거운 침묵이 흘렀다.

"그나마 수술할 수 있어 다행입니다." 의사는 입꼬리를 애써 올리며 남편과 정후를 번갈아 보았었다.

이 순간에도 남편의 몸속에 자라고 있을 암세포를 생각하면서 정후는 머리를 흔들었다. 다행히 수술로 암을 제거할 수 있다는 말은 큰 위로가 되었다.

수술 날짜를 예약하고 이날만 기다렸다. 기다리는 시간은 우울하고 지루하게 천천히 흘렀다.

창가 남자는 오랜만에 만나는 친구에게 하듯이 말을 이었다. 끊길 기미가 없는 수다가 희극배우처럼 느껴졌다.

"여기서 만난 것도 인연인데 잘 지냅시더."

말 붙이는 사람 하나 없이 혼자 있다가 정후 부부가 들어오자, 남자는 진심으로 반가운 모양이었다. 남편이나 정후가 별다른 대꾸를 하지 않는데도 계속 떠들었다.

"아지매요 미안하지만, 침대 좀 세워 주소. 리모컨이 어데 있을 낀데."

남자는 병상이 좁아 보일 정도로 우람한 체격을 가졌다. 백팔십 센티를 넘어 백구십 센티는 됨직했다. 한국 표준 키에서 조금 모자라는 남편과는 인종이 다른 우락부락한 덩치를 보자, 정후는 멈칫했다. 리모컨은 남자의 손이 닿지 않는 곳에 있었다. 고분고분한 손길로 리모컨을 찾아 남자의 커다란 손에 쥐어 주었다.

"아제는 어데가 아픈교?"

"낼 오후에 위암 수술 합니다."

"아이구야. 암이라꼬. 몇 긴교?"

"2기라 걱정할 건 없다는데, 좋지 않은 자리에 암이 생겨 절제한다고 하네요."

"위장을 없앤다꼬. 재수 옴 붙어구마. 밥은 우째 묵는교."

남자는 안됐다는 얼굴로 남편을 바라보았다. 남편은 남자의 시선이 불편했는지, 병상을 분리하는 커튼을 드르륵 쳤다.

"아제요 답답구로 말라꼬 커튼을 치는교. 휴전선 맹쿠로 금을 그으니 서먹하구먼. 그냥 편하게 지내면 안 되겠는교."

커튼 안에서 남편은 사복을 벗고 환자복으로 갈아입었다.

"잠깐이면 됩니다. 옷을 갈아입으려고요."

커튼 속에서 들리는 남편의 목소리가 변명처럼 느껴졌다. 잠시 후 환자복을 입은 남편이 커튼을 걷었다.

병실의 시간은 더뎠다. 푼수처럼 떠들던 남자의 수다가 삼십 분밖에 안 지났다. 벌써 시간이 그렇게 되었나요 했던 바깥과는 분명히 다른 세계였다. 남자가 신상을 털어 내듯이 시시콜콜한 말들을 마구 쏟아도, 한 시간을 넘기지 못했으니 말이다.

병실에 무거운 침묵이 흘렀다. 침묵은 계속 이어졌다. 달리 할 일이 없던 남편도 정후도 남자도 지루하고 따분하기는 마찬가지였다.

"아지매요. 한강 이남에서 알아주는 대학병원이라면서 우째 빙실에 테레비가 없는교. 이기 말이 되는교."

그러고 보니 텔레비전 선반은 있는데, 비었다. 왜 텔레비전이 없는지 물어본다며 정후는 숨 막히는 병실을 빠져나왔다. 몇 걸음 앞에 간호실이 있었지만 지나쳤다. 복도를 돌아 병원 현관 앞까지 나갔다.

현관 밖은 생기가 넘쳤다. 환자와 보호자들이 짝을 맞추어 집으로 돌아가는 모습도 목격되었다. 한 뭉치 약을 들었지만, 뒷모습은 가벼웠다. 정후는 그렇게 한참을 서 있었다.

그때 정후의 휴대전화가 울렸다. 남편이었다. 왜 안 오냐는 목소리가 까칠하게 들렸다. 지루한 공기가 흐르는 805호로 걸음을 돌렸다.

간호실에는 제법 나이가 있어 보이는 간호사가 휴대전화를 보고 있었다.

"805호에 텔레비전이 없네요."

간호사는 눈을 동그랗게 뜨고 말했다.

"2인실에는 없습니다. 호불호가 갈려서요. 소음이라고 괴로워하는 환자와 텔레비전이라도 보면서 시간을 보내려는 환자 간 다툼이 있어 없앴답니다. 물론 개인적으로 설치해서 보는 건 괜찮습니다."

정적이 머무는 병실 문을 밀자 두 남자가 동시에 정후를 쳐다보았다. 여태껏 뭐 하다가 이제 오냐는 불만도 가뿐히 뭉갤 만한 소식을 기대하는 눈빛이었다.

"없답니다. 텔레비전을 싫어하는 환자가 있어 병원 측에서 없앴답니다."

무덤덤한 남편과 달리 남자는 실망하는 눈치였다.

"아이구야. 테레비도 없이 우애 지내노. 퇴원할라카만 일주일은 있어야 되는데. 아지매요. 지인이 근처에서 중고 가전 센타를 하는데, 한 대 사 오라 할까요. 중고로 사면 얼매안 할 낍니다. 아지매 5만 원 내고 내가 5만 원, 됐는교."

"열흘이면 퇴원할 건데 텔레비전이 꼭 필요한가요?"

"어데예. 아제가 지금은 저래 편안히 기셔도, 낼 수술하고 나오면 힘들 낍니다. 텔레비가 부리는 재롱이라도 봐야, 고통을 견딜 수 있니더. 나도 어제는 테레비가 있는지 없는지 상관도 안 했는데 오늘은 쪼매 덜하다고, 지겨워 죽겠심더"

듣고 보니 남자의 말에 일리가 있었다. 정후는 남자에게 오만 원을 건넸다. 남자는 핸드폰을 눌러 어딘가에 전화했다.

"어……. 내다. 너거 가게에 중고 테레비 한 대 가져 오니라. 한 10만 원 하는 걸로, 빙원에 설치할 거니까, 너무 큰 거 말고 딱 마차 오니라."

전화를 끊고 얼마 안 되어 텔레비전이 도착했다. 이십 대 후반으로 보이는 총각이 노크도 없이 병실 문을 열고 들어왔다.

"아빠, 개안나."

"그래, 돌삐를 빼서 그런지 많이 낫다."

"걱정 마이 했는데 잘됐네. 테레비 자리가 어데고?"

총각은 병실을 한 바퀴 돌아보더니, 바로 텔레비전 자리를 찾았다. 순식간에 설치된 텔레비전은 남자의 말대로 재롱을 부리기 시작했다. 텔레비전이 잘 나오는 것을 확인한 총각은 연장을 챙겼다. 가게를 비워 두고 와서 빨리 가야 한다며 서둘러 돌아갔다.

남자는 리모컨으로 여러 채널을 돌리다가 프로 야구에 고정했다. 삼성 라이온즈 팬인 남편도 야구를 좋아해 잘 됐다 싶었다.

텔레비전을 들이고 병실 분위기가 밝아진 건 사실이었다. 뉴스에서 노래, 춤, 야구, 축구에 이르는 재롱잔치가 아침부터 자정까지 이어졌다. 무엇보다 수다스러운 남자가 입을 다물어서 좋았다.

암세포가 자리 잡은 위치가 좋지 않아 남편의 위를 남김없이 절제했다고 담당 의사가 말했다. 위를 송두리째 도둑맞은 느낌이었다. 끼니가 되면 배고프다고 꼬르륵 소리로 빈속을 알렸고, 음식이 들어오면 소화 흡수하여 그 기운들을 몸 이곳저곳에 보냈다. 오십여 년 동안 먹고 마셨던 식탁 역사가 허무하게 사라졌다.

수술 다음 날 새벽, 남편은 피를 토했다. 방금 혈관에서 터져 나온 것 같은 선홍색의 피가 입으로 벌컥 쏟아졌다. 이를 지켜본 정후는 심장이 둘로 쪼개지는 두려움을 느꼈다.

"간호사, 의사 샘."

목청이 찢어지는 소리가 병실을 울렸다. 헐레벌떡 달려온 당직 의사는 태연하게 말했다.

"괜찮습니다. 수술 시 흘렸던 피가 고였다가 빠진 거예요. 신경 쓰지 마세요."

그러나 정후의 마음을 누르기에는 핏빛이 지나치게 선홍색이었다.

삼 일 후, 일이 터지고야 말았다. 아침부터 어지럽다던 남편의 안색이 무척 좋지 않았다. 피검사 때마다 헤모글로빈 수치가 떨어져 수혈을 줄곧 했지만, 정상으로 회복되지 않았다. 의료사고가 아닐까 하는 의심을 감출 수 없었다.

"실수라도 있습니까. 솔직히 말씀하세요."

정후의 볼멘소리에 담당 의사는 웬 적반하장이냐는 듯 얼굴을 붉혔다. 오히려 까칠하게 쏘아붙였다.

"수술은 아무 문제없었습니다. 환자가 혈우병 있는 것은
아닌가요?"

의사의 예사로운 태도에도 정후는 불길한 생각을 떨칠 수
없었다.


저녁 무렵이었다. 배뇨감을 느낀 남편이 급하게 화장실에
가려고 했다. 안색이 좋지 않아 정후가 남편을 따라 들어가
옷을 내려 주었다. 변기에 앉자마자 혈변을 본 남편의 동공
이 풀리며 의식을 잃었다. 억지로 눌렀던 두려움이 다시 고
개를 바짝 쳐들어 정후의 이성을 흩뜨렸다. 마음을 추스르지
못하고 엉엉 울면서 남편을 불렀다.

"여보 정신 차려. 도와주세요. 살려 주세요."

집도의를 선두로 의료진이 몰려왔다. 대학병원이라 그런
지 교수의 권위가 하늘을 찌를 듯했다. 교수가 회진을 돌 때
면 졸개들처럼 의사가 무리 지어 뒤를 따랐는데, 어가행렬을
연상하게 하는 그들의 질서가 응급상황에도 삐걱거리지 않
았다.

"걱정하지 마세요. 호들갑 떨 사항은 아닙니다. 이 정도로
죽지 않아요."

줄줄이 따라 들어온 의사들은 침착하려 애쓰는지, 일이 크게 될까 염려하는지 치가 떨릴 만치 차갑게 말했다. 그 말투가 섬뜩했다. 공포에 휩싸인 정후와 달리 그들은 다른 세상에 사는 사람처럼 이성적이고 차분했다. 생명에는 지장이 없다는 말이란 걸 알지만 회복 과정에서 겪는 환자의 고통을 헤아리지 못하고 간과하는 것 같아 너무나 야속했다. 의사의 말이라면 무조건 믿었는데, 배신감이 밀려왔다.

위를 잘라 낸 부위와 연결한 장기가 제대로 맞물리지 않아 피가 새어 나온 모양이었다. 내시경으로 터진 부분을 다시 집었다. 회복의 기쁨에 설레어야 할 환자가 중환자가 되었다. 덕지덕지 끼운 관 때문에 꼼짝할 수가 없었다.


보행을 시작한 창가 남자가 의논할 게 있다며 정후를 불렀다.

"아지매요. 낼 내가 빙원을 나갑니다. 텔레비전 말인데, 우짜까요? 절반은 내 몫인 거 알제요?"

정후는 남자가 무슨 말을 하는지 몰랐다.

"무슨 말씀이신지."

"솔직히 깨노코 말하면 돈은 5만 원씩 냈지만, 보는 건 아지매캉 아재가 더 많이 본 거 아인교. 말하자면 나는 삼분지

일만 봤단 말입니더."

"……."

"아지매가 내게 5만 원을 주고 내 몫을 사소. 내가 퇴원하고 다른 환자가 들어오면 그 돈을 챙기 받으면 되잖은교."

정후는 남자의 엉뚱한 계산법에 어이가 없었다. 그러나 생사의 갈림길에 서 있는 남편의 상황에서 고까짓 5만 원 하는 생각이 들었다. 쩨쩨하게 따지고 싶지 않았다. 째려보는 듯한 남자의 눈을 피하면서 그냥 5만 원을 내주었다.

남자가 퇴원한 창가 병상으로 남편을 옮겼다. 신선한 공기가 들어오는 창문으로 밖을 볼 수 있어 좋았다. 남자가 조종하던 리모컨도 남편 손에 쥐여 주며 마음대로 보라고 했다.

예상보다 길어진 병실 생활에 남편의 얼굴은 누레지고 야위었다. 목소리도 점점 가라앉았다. 정후 역시 보호자용 간이침대에 누워 두 시간 간격으로 소변량을 표시하며 쪽잠을 자는 것에 지쳤다. 수액으로 하루하루를 견디는 남편은 퇴원하는 날만 손꼽았다. 오늘 저녁 반찬은 무어냐 궁금해하면서 된장찌개 보글보글 끓여 함께 밥 먹고 차 마시던 일상이 아득히 멀게 느껴졌다. 아무렇지도 않게 지낸 날들이 행복이었음을 깨달았다. 그때가 뼈에 사무치도록 그리웠다.

오후에 새 환자가 문 쪽 침대에 들었다. 휠체어를 탄 영감님이었다. 영감님은 병세가 깊어 보였다. 침대에 오를 때도 혼자 올라가기에는 힘에 부처, 할머니와 정후가 함께 끌어올렸다. 영감님은 침대에 눕자마자 커튼을 쳐 달라고 했다. 드르륵거리며 영감님의 병상이 가려졌다. 문까지 트였던 시야가 커튼이 가려져 답답했다. 보호자로 따라온 할머니는 영감님을 두고 805호실 밖으로 나갔다.

"시끄럽소. 텔레비전 끄소."

커튼 안에서 역정이 난 듯한 노인의 목소리가 들렸다. 남편은 리모컨으로 텔레비전을 얼른 껐다. 순식간에 찬물을 끼얹은 것처럼 병실이 경직되었다.

발소리를 내는 것조차 조심스러워 정후는 조용히 복도로 나갔다. 복도에 할머니가 서 있었다.

"할아버지가 매우 편찮으신 것 같네요."

"간암이시다. 말기라 못 고쳐요. 집에 있으니 불안해서 왔지요."

영감님이 제일 싫어하는 게 텔레비전 소리라 했다. 자신은 아무것도 먹지 못하는데, 온갖 먹을거리들이 소개되는 게 꼴보기 싫다는 것이었다.

정후는 805호실 문을 빼꼼히 열었다. 텔레비전 소음으로

들떴던 병실 공기가 착 가라앉았다. 남편이 팽개친 리모컨이
병상 아래에 떨어져 있었다.

## 이시언

대구 미픽 작가
《대구문학》에 수필 등단
《동서문학상》수필 입상

# 밟 짓기

로길

발자국을 밟았다. 찌부러진 발자국이 왜 자기를 밟았냐고
신음했다. 발자국이 말했다. 벼락 치는 어둠을 먼저 지나간
누군가 비틀거리며 흘린 땀과 눈물이, 고이고 또 말라 비로
소 새겨진 시간의 웅덩이이자, 산 자의 이정표라고. 그러니
앞으로 함부로 발자국 밟지 말라고 했다.

# 미니픽션
# 프리즘 II

# 그 새벽의 카페

## 구자명

이상했다. 일터에서 밤늦게 귀가한 남편이 쉽게 잠들지 못
하는 게 평소 같지 않았다. 마누엘라는 그가 돌아오면 늘 그
러듯 선잠에서 깨어나 침대 한 켠으로 몸을 옮겨 그가 누울 자
리를 내주었다. 그러면 젊은 사내답지 않게 후줄근해진 몸을
빈 포대 자루 던지듯 풀썩 뉘고는 곧장 코를 골기 시작하는 그
였다. 그런 그가 오늘은 몇 번을 뒤척이다 한숨마저 쉬는 기
척에 마누엘라는 일어나 앉아 침대 곁 탁자 램프를 켰다.

"호세, 왜 그래요? 어디 아파요?"

그가 등을 돌린 채 시르죽은 목소리로 대꾸했다.

"응? 아냐. 아픈 데 없어. 그냥… 잠이 잘 안 오네."

"오늘 웬일이래? 썩은 나무토막처럼 쓰러져 자더니…."

"그러게…. 피곤해 죽겠는데 왜 그런지 모르겠네, 나도. 조
금이라도 빨리 자려고 반 시간 일찍 나왔는데 말이야."

"페드로 씨는? 같이 문 닫고 나왔어요?"

"문은 페드로 선배가 알아서 닫는대서 먼저 나왔어. 아마 지금쯤 어느 심야 바에서 어슬렁거리고 있을걸. 별로 집에 일찍 들어가고 싶지 않은 거 같았어⋯."

호세는 갑자기 벼락을 맞은 듯 벌떡 일어나 앉았다. 그는 침대 아래 벗어 던져 놨던 바지를 집어 들어 허둥대며 꿰입었다.

마누엘라도 일어서서 침실의 중앙등을 켰다.

"이 새벽에 어딜 가려고요?"

"카페로 다시 가 봐야겠어. 페드로 선배가 아직 거기 있거나 주변 바에 있거나, 아님⋯ 그 노인네 집으로 갔을 거 같아."

"그 노인네?"

호세는 방문 입구 안락의자에 아무렇게나 걸쳐 둔 셔츠와 재킷을 챙겨 입다 말고 털썩 주저앉았다. 첨부터 그럴 생각은 아니었는데 말이야⋯. 그는 그 주 내내 자신이 야간 당번으로 일해 온 카페에서 그날 밤 퇴근 직전에 있었던 일을 아내에게 간략하게 전했다.

"저런! 할아버지가 원하는 만큼 마시게 해 주지 그랬어요, 왜. 취하지도 못한 채 밤중에 아무도 없는 쓸쓸한 집으로 그냥 가게 한 건 좀 너무했네! 자살 시도를 다시 안 하리란 보장도 없잖아요….”

오 마누엘라, 내가 요새 잠이 얼마나 부족했는지 알잖아….

호세는 아내에게 하려던 말을 속으로 삼키며 흔들리는 눈
빛으로 그녀를 마주 보았다. 마누엘라는 자기가 하지 말았어
야 할 말을 했음을 깨달았다. 그녀는 호세에게 다가와 어깨
에 손을 얹으며 위로했다.

“별일 없을 거야…. 나도 같이 나갈게요. 자기는 페드로 씨
를 먼저 찾아봐요. 카페는 내가 가 볼 테니.”

젊은 부부는 무거운 침묵 속에 서둘러 외출 채비를 마친
뒤 집 밖으로 나왔다. 돌타일 길을 내달리는 발자국 소리에
가장 깊은 어둠의 핵을 에워싸고 있던 새벽의 정적이 흠칫
놀라며 뒤로 물러섰다.


호세는 숨을 헐떡이며 페드로가 사는 작은 방갈로식 셋집
앞에 멈춰 섰다. 언젠가 그쪽 동네에 볼일이 있어 갔다가 마
침 집에서 나오던 그와 마주친 적이 있어 기억하는 곳이었
다. 길가로 난 그의 집 창문들이 모두 캄캄했다. 문을 세게
두드렸다. 안쪽에서 아무 소리도 나지 않았다. 가슴이 벌렁
거리기 시작했다.

두 사람은 일하는 카페에서 1km 반경 내에 살았지만 집

방향이 반대이고 생활의 취향도 많이 달라 마주치는 일이 거의 없었다. 그저 일터에서 동료로 잘 지내는 정도에 만족할 뿐이어서 서로의 전화번호도 몰랐다. 언제나 좀 진중하고 과묵한 편의 페드로가 그날 밤처럼 자기 속을 드러내는 말을 한 적은 더더구나 없었다. 문 닫을 준비를 하며 유난히 퇴근을 서두르는 후배에게 그는 이렇게 물었다.

"자네 평소보다 일찍 집에 가는 게 두렵지 않나?"[1]

약간 비꼬는 듯 느껴지는 직장 동료의 말투에 발끈해 호세는 이렇게 반박했다.

"두렵다니, 왜요? 자신감이 있는데요. 난 완전, 자신이 있다고요!"[2]

그러자 페드로는 한숨을 쉬며 대꾸했다.

"그렇군. 나는 자신감을 가져 본 적이 없네. 더 이상 젊지도 않고…."[3]

마지막 손님이었던 팔순 노인이 계속 술을 더 주문하려는 걸 영업시간 종료를 핑계로 딱 잘라 거절하자 그의 편을 들어 가게 문을 좀 더 열어 두고 싶어 했던 페드로였다.

"저 노인은 밤에 안 자고 깨어 있는 게 좋아서 저러고 있는 거야. 깨끗하고 환한 카페에서 말야."[4]

그 며칠간 동네에서 나도는 소문에 의하면 노인은 목을 매어 자살 시도를 하던 중 살림 돌봐 주러 들른 조카에 의해 발견되어 구조되었다고 한다. 그리고 난 이후로도 내내 카페에 와서 혼술을 문 닫을 때까지 주문해 마시던 단골손님이지만, 호세는 그런 그의 존재가 왠지 거슬렸다. 귀가 잘 안 들리는 노인 앞에서 그날 밤엔 못할 말까지 서슴지 않았다.

"지난주에 자살에 성공하셨어야 했어요."[5]

호세는 어서 아내가 있는 집에 가서 잠자리에 들고 싶은 생각밖에 없었다. 그런 후배를 먼저 보내며 페드로는 알쏭달쏭한 말 한마디를 등 뒤로 건넸다.

"단순히 젊고 자신감이 있는가의 문제는 아니라고 봐. 비록 그런 것들이 아름답기는 하지만 말이야….."[6]

이리로 오는 길에 호세는 페드로가 퇴근 후 한잔하러 들를 만한 심야 주점들도 몇 군데 들러 보았으나 그는 없었다. 어차피 그런 곳들은 페드로의 취향도 아니었다. 깨끗하고 환하고 불빛이 좋은 카페야말로 밤이 두려운 사람들에게 필요한 곳이라고 생각하는 그였다. 그럼 이 새벽에 어딜 갔단 말인가? 혹시 그 노인의 집에? 사실 젊은 호세에겐 자살 시도의 전력이 있는 외로운 노인보다는 자기 안의 두려움과 무력감을 애써 소통하려 했던 중년의 동료가 더 걱정이었다. 호세는 목덜미에 싸한 한기를 느끼며 발걸음을 돌려 카페를 향해 뛰기 시작했다.

　불이 환하게 밝혀진 카페 테라스에는 세 사람이 모여 앉아 있었다. 마누엘라가 노인의 귀 가까이에 대고 뭔가를 얘기하더니 까르르 웃었다. 그런 그녀에게 주홍빛 셰리 와인을 따라 주며 페드로는 흐뭇한 표정이었다. 노인은 보고만 있어도 위로받는 듯이 가득 채워진 위스키 잔을 소중히 감싸 쥐고는 테이블 너머 어딘가로 아련한 눈길을 던지고 있었다. 올라! 손을 흔들며 다가서는 페드로의 그림자가 테라스 곁 나무 그림자에 얹혀 커다란 잎사귀들과 함께 너울거렸다. 깨끗하고 밝은 곳*이었다, 그 새벽의 카페는.

　* 헤밍웨이 단편 〈깨끗하고 밝은 곳〉을 '하이퍼픽션' 형태로 이어 쓴 작품입니다. 그 단편에 나오는 주 배경과 대화(1~6)를 차용했고, 등장인물들도 이름을 지어 붙이긴 했으나 그대로입니다.

**구자명**

1997년《작가세계》에 단편 「뿔」로 등단
소설집 『건달』『날아라 선녀』『진눈깨비』『건달바 지대평』
에세이집 『바늘 구멍으로 걸어간 낙타』『망각과 기억 사이』

# 동물의 왕국 거시기 타령

## 이진훈

왕초 영감이 아예 곡기를 끊은 것까지는 아니지만 벌써 사흘째 깨지락거리다 말고 밥상을 물렸다. 먹성 좋기로 치자면 우리 요양원 일등 대식가요, 목소리 또한 괄괄해서 누군가와 대거리 붙었다 하면 건물이 뒤흔들릴 정도의 기차 화통이다. 요양원 남자 어르신들의 대장으로 감히 그 앞에서 누구도 맞상대할 엄두조차 내지 못한다. 더구나 나이 팔십을 훌쩍 넘긴 지금도 귀신 잡는 해병대 이야기를 어제 일처럼 이틀이 멀다 하며 늘어놓아 귀에 딱지가 켜켜이 앉아도 그만하라 말리는 영감이 한 명도 없었다. 왕초 영감이 기억하는 것은 오로지 해병대 시절 이야기밖에 없는 듯했다.

며칠 전 새로 입원한 엄 씨 할아버지께서 물정 모르고 왕초 영감 말을 막았다가 주먹다짐 일보 직전까지 가기도 했었는데 다행히 요양보호사가 발견하고 중지시킨 적도 있었다.

어디 그뿐인가. 아직도 예닐곱 살 꼬맹이 시절 '아이스케키' 장난질을 잊지 못하는지 요양보호사 눈을 피해 종종 할머니들 치마 속을 들춘다거나, 짝사랑하는 금숙 할매 뒤로 살금살금 다가가서 끌어안기 일쑤인 '개구쟁이 나 일등' 영감이다.

그런데 요 며칠 갑자기 잔뜩 풀이 죽어 그늘진 창가에 앉아 바깥만 응시하는 모습이 여간 안쓰럽지가 않았다. 고기밥상보다 좋아하는 〈동물의 왕국〉 방영 시간이 되어도 구석에 틀어박혀 도통 꿈적도 하지 않으니 아무래도 외부 진료 의뢰를 해야 할 것 같다.

담당 요양보호사에게 관찰일지를 가져오라 해서 살펴봐도 내가 관찰한 것과 다를 바 없었다. 치매 정도가 갑자기 더 심해진 것일까? 개구진 행동만 일등급이 아니라 이젠 요양등급도 2등급에서 1등급으로 올라가는 것이 아닐까 걱정이 될 정도이다.

"김 선생님, 저 왕초 영감님 요즘 무슨 특이한 변화를 보인 것이 있나요?"

"글쎄요, 저도 요 며칠 영감님의 행동 양상을 면밀히 관찰하고 있는데 도무지 이해할 수가 없어요. 갑자기 풀이 죽어 식사도, 단체 놀이도, 취미 활동에도 의욕이 전혀 없으세요.

사흘 내내 면담을 시도해 보았는데 도무지 입을 열지 않으시네요."

"요즘은 그렇게 좋아하던 〈동물의 왕국〉 프로도 전혀 안 보는 것 같던데요?"

"네. 아예 텔레비전을 켜지도 않으세요. 티비 채널권을 엄씨 할아버님께 빼앗긴 것 같던데요."

"엄 씨 할아버님이요? 그럴 리가요? 신입 환자인 데다 키도 작고 덩치도 왕초 영감님에 비하면 상대가 안 될 것 같은데."

왕초 영감님을 원장실로 불렀다.

"영감님, 요즘 어디 불편하세요? 아니면 무슨 고민거리라도 생기셨어요?"

"……"

"영감님, 병원 진료 의뢰해 드릴까요?"

"……"

"금숙 할머니와 다투셨어요? 영감님, 금숙 할머니를 자꾸 뒤에서 끌어안지 마세요. 금숙 할머님께서 아주 싫어하세요. 지난번에 금숙 할머니 아드님이 오셔서 신신당부하셨어요. 또 그러시면 독실로 모실 수도 있어요."

"내가 언제, 내가 언제?"

"영감님, 새로 들어오신 엄 씨 할아버님과는 잘 지내시죠?"

"그 영감탱이 싫어, 싫어요! 내보내요!"

"왜요? 영감님보다 키도 작고 덩치도 훨씬 작잖아요?"

"키 크고 덩치만 크면 뭣해요? 엄 영감은 키 작고 덩치는 작아도 거시기가요 아주 커요. 지난번 화장실에서 봤더니 정말 커요!"

"아이구 영감님! 그게 무슨 말씀이세요? 거시기라니요? 그 연세에 무슨 그런 것 때문에 풀이 죽어 계세요?"

"이제 우리 요양원 할머니들은 모두 엄 영감만 좋아할 거잖아요? 금숙 할매도 벌써 그 영감탱이를 좋아하는 눈치라구요."

"영감님, 요양원이 무슨 수컷들 각축전으로 바람 잘 날 없는 아프리카 밀림지대인 줄 아세요? 아무튼 남자분들은 못 말려요. 애나 어른이나 거시기 타령에 빠져 살다니!"

이진훈

미니픽션 작가
미니픽션 작품집 『베이비 부머의 반타작 인생』
《세종대왕신문》에 '한양인문학' 연재 중

# 모시나비

조이섭

　경상감영 북쪽 담장 골목을 끼고 돌면 수제화 골목이다. 일제 강점기에 대구 읍성을 허물고 낸 골목은 바닥부터 간판까지 예스레 꾸며 놓았으나, 지나는 사람마저 드물어 한갓지다. 골목 중간쯤에 다소 두드러져 보이는 하얀 이층집이 북카페 '대구 한나절'이다.

　'대구 한나절' 여주인은 오사카 대학에서 박사 학위를 마치고 귀국하여 일본 유학생이나 관광객의 가이드 역할을 하는 카페를 운영하려고 지금 이 자리의 낡은 건물을 사들였다. 근대 골목의 이미지를 살리는 의미에서 건물의 앞면은 그대로 두고, 내부만 수리하는 조건으로 구청의 지원금을 받아 개축하여 '대구 한나절'을 꾸며 10년 넘게 운영하는 중이다.

　백화는 '대구 한나절'에 앉아 에테가미를 그린다. 에테가미는 손 그림 편지다. 정해진 형식이 없고 자유롭다. 엽서 크기의 종이에 문장뿐 아니라 그림도 마음대로 그려 넣을 수 있다. 준비물이 간단하고 작품 하나를 완성하는 데 시간도 얼마 걸리지 않아 자투리 시간 때우기에는 안성맞춤이다.

백화는 대학 선배가 이 카페를 운영한다는 소식을 우연히 듣고 유학 상담을 하게 되었다. 때마침 백화가 일본 문부성 장학금을 받게 되어 등록금 걱정 없이 가벼운 마음으로 일본행 비행기를 탈 수 있었다. 그것도 여주인이 다녔던 대학으로.

백화는 본인이 지은 하이쿠에 그림을 즐겨 그린다. 하이쿠는 열일곱 자(字)로 지어야 하고, 계절을 나타내는 말이 반드시 들어가야 하는 등 엄격한 규칙이 있다. 그녀는 그런 제약에도 불구하고 순간성과 예리함을 동시에 구사하는 하이쿠의 자유가 좋았고, 에테가미의 일상성과 가벼움이 마음에 들었다. 정형의 하이쿠를 지어 비정형의 그림을 상상해서 그리는 것이 흥미로워 일종의 취미가 되었다.

오늘은 지하철 안에서 일본 작가 와후(和風)의 하이쿠를 그리려고 작정해 두었기 때문에 밑그림을 금방 끝내고, 붓펜 몇 자루로 가볍게 채색한다. 색을 입히는 도중에 허벅지 안쪽이 따끔거렸다. 지난해, 가볍게 앓았던 대상포진 증상처럼 간헐적으로 따끔거렸다가 잠잠해진다. 어젯밤, 구로다 세이키(黑田 淸輝)가 허벅지 깊숙한 곳에 새긴 나비가 아물며 내지르는 비명이다.

백화는 에테가미를 그리며 세이키를 기다리고 있다. 오사카 대학 유학 중에 그 남자를 만났다. 역사를 전공하는 학생이었는데 서글서글하고 붙임성이 남달랐다. 에도 시대, 무장 가문의 후손이라는 자부심이 대단했다. 공부도 전투적으로 했다. 한번 목표를 정하면 무서우리만큼 파고드는 스타일이었다. 식음을 전폐하더라도 무언가 해답을 얻어야 그만두곤 했다. 처음에는 두 사람이 가끔 점심을 함께 먹는 정도였으나 세이키의 적극적인 대시로 차츰 가깝게 되었다. 객지 생활의 외로움도 한몫 거들었겠지만, 의지에 찬 듯한 그의 짙은 눈썹과 광채 나는 눈빛도 마음에 들었다. 백화는 구로다(黑田; 검은 밭)라는 성보다 이름(輝; 맑게 빛남)이 좋아 세이키로 즐겨 불렀다. 두 사람은 여친, 남친을 건너뛰어 곧바로 연인이 되었다.

백화가 논문 학기가 되었을 때, 대구의 모교에 괜찮은 조건의 연구원 자리가 났다고 연락이 왔다. 오사카 대학의 지도교수 허락을 받아 한국에서 오가며 논문지도를 받기로 하고 귀국했다. 이번 학기부터 연구원 업무 외에 타 대학에서 하이쿠 강의도 맡아서 한다.

세이키는 박사과정을 마치고 「임진왜란이 일본 유학(儒學)에 미친 영향」이라는 주제로 논문을 쓰고 있다. 조선 유학의 두 거두 퇴계와 남명, 특히 남명의 제자가 의병 활동을 주도했던 것에 주목했다. 임란 초에 조선에 항복하여 왜군과 싸운 김충선에 관해서도 관심이 많은 것 같았다.

세이키는 두 달 전 대구에 와서 백화의 원룸에서 함께 생활하면서 안동의 국학연구원, 산청의 산천재, 진주 경상대학교의 남명학 연구소를 방문, 답사하여 관련 자료를 수집하는 중이다.

오늘은 '대구 한나절'이 일본인 유학생과 관광객을 대상으로 기획한 달성군 우록의 김충선 유적지인 달성한일우호관과 녹동서원 탐방에 함께 가기로 한 날이다. 약속 시간이 가까워지자, 세이키와 다른 참가자들이 하나둘 카페 안으로 들어왔다. 백화는 완성한 에테가미와 필기구를 서둘러 에코백에 챙겨 넣었다.

우록까지는 시내버스로 30분 남짓 걸리는 거리다. 두 사람은 버스 맨 뒤 좌석에 나란히 앉았다. 백화는 그의 손을 당겨 어제 새긴 나비 위에 살포시 얹었다.

"아프지 않아?"

"견딜 만해."

세이키는 그녀의 이마에 가볍게 입을 맞추고 나서 만족스러운 미소를 지어 보였다.

우록에 도착하니 대기하고 있던 해설사가 구석구석 안내하면서 상세한 설명을 이어 나갔다. 한일우호관을 탐방하는 내내, 세이키는 김충선이 항왜(降倭)임을 의식해서인지 표정이 썩 좋지 않았다. 다른 일행과 섞이지 못하고 멀찍이 떨어져 기름처럼 겉돌았다. 임진왜란에 참전했던 구로다 나가마사 장군이 그의 선조여서 더욱 그럴지도 모른다. 그는 유학과 임진왜란을 연구하면서 붓보다 칼에 더 흥미를 갖는 것 같았다. 전쟁 문제에 함몰하다 보니 국수주의의 바다에 빠지는 모습을 종종 보였다. 처음에는 가볍게 주고받을 수 있었던 한일 간의 민감한 현안이나 독도 이야기는 둘 사이에 금기시된 지 오래되었다.

전쟁은 어찌 되었든 편 가르기다. 궁극적으로 한 편이 다른 쪽을 지배하는 것이고, 지배자는 피지배자의 문화와 역사의 흔적을 지우고 승자의 새로운 흔적을 남기려고 한다. 아무리 학문하는 세이키지만, 역사를 조국과 분리하는 일은 쉽지 않아 보였다.

한참 만에 한일우호관을 빠져나왔다. 김충선의 위패를 모신 녹동서원으로 이동하는 길가에 자리 잡은 현호색 꽃밭에 나비 떼가 무리 지어 노닌다. 양 날개가 투명한 모시나비다. 수컷은 자줏빛 꽃잎에 앉아 있는 암컷에게 살그머니 접근하고 있다. 사랑을 쟁취하기 위해서리라.

모시나비는 교미 후 수컷이 암컷의 교미기 가까이에 수태낭을 만든다. 다른 수컷과의 교미를 방지하는 일종의 정조대라고 한다. 정조대는 그 옛날 십자군이 원정을 갈 때, 아내가 바람피울 것을 염려하여 무쇠로 만든 자물쇠를 채운 데서 비롯된 말이다.

모시나비 같은 미물도 자기의 씨를 유지, 번식시키기 위하여 정조대를 채운다니 놀라운 일이다. 수태낭이 자기의 흔적을 확실하게 남기기 위한 처절한 몸부림이라고 느끼는 순간, 백화의 머릿속에서 트라이앵글이 '쨍' 하고 부서진다. 모시나비의 수태낭, 십자군의 정조대, 구로다의 나비 문신 조각들이 난무하면서 날카롭게 부딪힌다. 그것들은 사랑을 가장한, 강자가 약자에게 가하는 억압이요 폭력이었다. 타인, 인간의 자유를 말살하는 행위였다.

구로다는 요즘 들어 백화를 지배하려는 듯한 모습을 조금씩 엿보였다. 그가 백화의 몸에 흔적을 남기려고 그토록 집착하는 이유를 알 것 같았다. 발목에, 다음에는 무릎 조금 위

바깥에, 어제는 그보다 훨씬 위의 허벅지 안쪽에……

 문신을 새기는 그의 눈초리는 맑게 빛나는 세이키가 아니라, 검은 밭처럼 끈적거렸다. 짙은 눈썹과 광채 나는 눈빛이 새삼스럽게 몸서리쳐졌다. 자료 수집을 하러 한국에 온 것이 아니라, 백화에 대한 집착 때문인지도 모를 일이었다. 백화는 꽉 끼는 무쇠 정조대를 찬 것처럼 아랫도리가 묵직해 옴을 느꼈다. 저도 모르게 구로다의 팔에 끼고 있던 팔짱을 슬그머니 풀었다.

 우록 탐방을 마친 일행이 '대구 한나절'에 도착했다.

 "먼저 들어가."

 "왜?"

 백화(白花)는 미적거리는 구로다(黑田)를 원룸으로 먼저 보낸 다음 카페에 들어섰다. 그리고 아침에 그렸던 에테가미를 꺼내 갈가리 찢어 허공에 흩뿌렸다.


 **蝶 消えて 魂 我に返りけり**

 나비 사라지자, 내 혼이 나에게로 되돌아왔다


 하이쿠 무늬가 새겨진 모시나비의 투명한 날개 조각들이 '대구 한나절' 공간을 가득 채워 날다가 하나둘 바닥에 내려

앉았다.

### 조이섭

2016년 계간《수필세계》등단
선수필문학상, 대구수필가협회 작품상 수상
수필집 『미조』『나미비아의 풍뎅이』외

# 사라지는 것들

김채옥

매장에 들어선 노인이 진열장으로 가더니 수제 햄을 덥석 집어 들었다. 한 치의 망설임도 없이 집어 들어 돌아서는 순간 계산대에서 미심쩍은 눈으로 지켜보고 있던 나와 시선이 정면으로 마주쳤다. 노인의 눈빛이 불안하게 흔들렸다. 며칠 전에 매장에 들렀던 바로 그 노인이었다. 그때도 오전 이른 시간이었다. 지금과 똑같은 꽃무늬의 잠바를 입고 와서는 매장에 진열된 제일 비싼 수제 햄을 두 개나 마트 바구니에 담았었다. 그날은 우리 매장이 가장 로스가 많이 난 날이기도 했다.

나는 노인의 뒤를 밟았다. 손님이 많지 않은 오전 시간이라 내가 안 보이면 옆 매장의 언니가 잠깐은 내 자리를 봐 줄 것이다. 노인은 지하 매장에서 에스컬레이터를 타고 다른 층으로 올라가 이것저것 상품들을 살피는 척하더니 화장실로 향했다. 노인이 마트 바구니를 화장실 입구에 놓고 들어갔지만, 조금 전 바구니에 담았던 수제 햄이 빠져 있었다. 내 의심은 이제 확신으로 바뀌었다.

나는 주먹을 불끈 쥐었다. 갑자기 피가 거꾸로 치솟았다. 이번 달에는 우리 매장에서 특히 로스가 많이 발생했다. 여느 때보다 매출을 많이 올리고도 웃을 수가 없었다. 본사에 이 사실이 알려지면 점장이 문책을 받고, 또 판매원은 재계약이 안 되는 경우가 많아 우리끼리 서둘러 수습해야만 했다. 어제도 출근했더니 점장이 울상이 되어 있었다.

수제 햄이 꽤 단가가 있어서 몇 개만 잃어도 매상의 총액이 뚝 떨어진다. 로스가 나면 입점해 있는 쇼핑센터에서는 책임을 무조건 매장에 떠넘긴다. 보안요원이 출입구마다 서 있고, 카메라로 지켜보고 있지만 그들에게 절도범을 잡아다 주어도 그들은 여간해서 잘 안 움직이려 한다. 절도범을 경찰에 넘기면 진술서를 쓰느라 적어도 두세 번은 경찰서에 출두해야 하는데 그러면 밥줄이 달린 자리를 자주 비워 눈 밖에 날 수 있기 때문이다.

노인은 한참 걸려 화장실을 나오더니 다시 마트 바구니를 들고 일 층으로 내려가 계산대로 향했다. 노인의 뒤에 바짝 따라붙은 나는 계산대 언니에게 눈으로 신호를 보냈다. 언니가 보안 요원을 호출하는 벨을 눌렀다. 노인이 두부와 콩나물 같은 몇 개의 값싼 제품을 계산하고 입구를 나가려는 순간 경고음이 울렸다. 당황한 모습이 역력한 노인 앞에 체격이 떡 벌어진 파란 제복을 입은 보안요원이 나타났다. 노인은 얼어붙은 표정을 하고는 등에 메고 있던 작은 배낭을 내려서 스스로 열어 보였다.

 - 나, 난 아무것도 가지고 나온 게 없어. 자, 작년에 허, 허리 디스크 수술을 하면서 쇠를 박았더니 저것이 귀신같이 알고 소리가 나나 보네.

노인은 말을 더듬으며, 허리를 만지면서 아픈 척했다. 나는 계산대를 통과시키면 안 된다고 눈짓하고 얼른 노인의 팔목을 잡아챘다.

 - 어르신! 제가 오늘 어르신이 수제 햄을 가져가시는 걸 봤어요. 제가 쭉 따라다녔는데 햄은 어디에다 감췄어요?

노인은 당황해서 말을 더 심하게 더듬었다. 겁먹은 얼굴로 한사코 안 가져갔다고, 생사람 잡는다고 우겼다. 계산대 언니와 보안 요원이 고개를 저었다. 그냥 보내라는 표시였다. 그걸 보고 노인은 다시 기세등등해졌지만, 나로서는 절대 포기할 수 없었다. 월급이 이백도 안 되는데 이런 일로 돈을 떼이게 되면 난 주저앉아 통곡이라도 해야 했다. 이를 악물고 노인의 팔을 잡아끌어 일단 벽 쪽의 대기 의자에 앉혔다.

- 어르신! 며칠 전에도 수제 햄을 두 개나 사 갔고, 오늘도 두 개를 저희 마트 노란 바구니에 넣는 것 봤어요. 햄 어디에 뒀어요? 오늘은 절대 그냥 못 보내드려요.

지나가며 무슨 일인가 힐끔힐끔 쳐다보는 고객들의 시선이 영 불편했던지 노인은 빨리 자리를 벗어나고 싶어 했다. 앉아 있던 의자에서 엉덩이를 들썩거리며 배낭을 그러쥐었다. 나는 노인의 손목을 잡고 버티었다. 실랑이를 벌인 지 30분쯤 지나자 드디어 노인이 풀이 죽은 표정으로 내 귀에 대고 속삭였다.

- 지금 햄과 카드 줄 테니 가서 살짝 계산하고, 카드 빨리 갖다 줘.

내가 호락호락하지 않다는 것을 알고는 노인이 드디어 백기를 들었다.

- 지금은 계산할 수가 없어요. 이미 신고가 들어가 이럴 때는 계산 자체가 안 돼요. 햄을 주시면 제가 알아서 처리할게요.

내 말에 그제야 노인은 허리춤에 손을 넣더니 수제 햄을 꺼내어 내 뒤쪽으로 밀어 놓았다. 그러고 나서는

- 아이고 허리만 아픈 줄 알았더니 내가 정신도 오락가락

하나 봐.

　라고 변명을 늘어놓더니 고개를 푹 숙인 채 붐비는 사람들 속으로 모습을 감추었다.

　로스가 정점을 찍은 날, 마음속에 독기가 오를 대로 오른 나는 햄 포장지의 안쪽에 칩을 하나 더 붙여 놓은 햄을 미끼로 준비해 두었다. 그래서 노인이 매장을 나가려는 순간, 나는 그건 진열 햄이라며 미리 준비해 놓은 햄으로 건네주었다. 노인은 그것도 모르고 겉 포장지에 붙은 칩만 뜯어내어 화장실에 몰래 버리고는 안심했던 모양이다. 이런 기밀 아닌 기밀을 매장에서 쓰게 된 건 의외로 매장 물건을 슬쩍해 가는 고객이 많기 때문이다. 식품 매장에 모든 상품에 칩이 붙어 있는 것은 아니다. 칩은 싼 물건들에는 잘 안 붙여 놓는다. 그러나 값이 제법 나가는 물건에는 칩이 꼭 붙어 있다고 보면 된다. 칩도 돈이 드는 일이라 모든 상품에 일일이 붙여 놓을 수는 없다.

　일하다 말고 007작전을 불사하느라 오전 시간을 다 날리고 점심시간까지 훌쩍 넘겨 버렸다. 기운이 쑥 빠진 채 있다가 근처 슈퍼마켓에서 일하는 동생의 문자를 받고는 국밥집으로 향했다. 동생은 전에 우리 매장에서 함께 일하면서 친해졌는데 아이들 돌보느라 한동안 쉬었다가 지금은 근처 슈퍼마켓에서 계산원을 하고 있다. 먼저 도착한 동생이 국밥을 주문해 놓았다고 한다. 손목 보호대를 한 동생의 팔이 먼저 눈에 들어왔다.

- 아직도 아파? 보호대 한 지 꽤 된 거 같은데. 정말 걱정이네….

- 언니는? 무릎은 좀 나았어?

나는 고개를 저었다. 둘 다 직업병이었다. 난 무거운 상자를 번쩍 들어 나르기도 하고 상품을 진열하느라 무릎을 자주 구부려 왼쪽 무릎이 안 좋아서 연골주사를 맞고 있다. 또 요즘 동생에게 말하지 않은 이상 증상 때문에 걱정이 많다. 피부를 만지면 자꾸 혹 같은 것이 만져졌다. 피부가 매끄럽지 않고 뭔가 울퉁불퉁한 느낌…. 그런데 겉으로는 아무 이상이 없었다. 내 피부가 흉측하게 변하는 악몽까지 꾸었다. 그리고 요즘 내 정신이 전에 비해 온전치 않다는 말이 목구멍까지 나왔다가 다시 삼키고는, 그 대신 오전에 치른 무용담으로 화제를 돌렸다.

- 물건을 도로 돌려주었으니 도둑 신세는 면했네, 그 노인네는.

계산대에서 일하는 동생도 그런 일로 골치를 썩이고 있다고 했다.

- 글쎄, 언니. 며칠 전에 내가 계산을 끝냈는데 보안 요원이 나타나 앞을 막고서는 할머니에게 배낭을 보여 달라고 요구하는 거야. 할머니가 값을 치른 바구니에는 두부와 우유같이 아주 간단한 것만 있었어. 그런데 배낭 속에서 말이야. 계산이 안 된 우리 마켓의 값비싼 상품이 몇 개 더 있었어. 웃기는 건 우리 상품 밑에 바로 옆에 백화점 식품 매장에서 파는 상품들도 들어 있지 뭐야. 그쪽을 먼저 털고 또 우리한테 원정을 온 거야. 노인네가 어쩜 그렇게 간이 커?

- 세상에! 그래서 어떻게 했어?

- 계산한다는 것을 깜박했다고, 자신이 치매가 좀 있다고, 내면 될 것 아니냐고 되레 역정을 내며 주섬주섬 지갑을 찾는 시늉을 하더니 갑자기 돌변하지 뭐야. 도둑 취급당해 기분 나빠서 계산하기 싫다고 쌩 나가 버리더라고.

- 정말 어떻게 그럴 수가 있어?

- 언니, 그뿐만 아니라 우리 매장에는 아기를 유모차에 태우고 온 아기 엄마들이 유모차 아래 칸에 분유통을 넣고 옷으로 가린 채 계산도 안 하고 나가는 일이 자주 있었어. 분유, 기저귀, 이유식 같은 유아용품이 하도 많이 없어져서 이 세 가지 용품은 이제 매장에서 아예 제외되었어.

뜨거운 국밥을 말아 한입 가득 넣으려고 수저를 들고 있던 나는 '분유'라는 말에 갑자기 가슴이 턱 막혔다. 속에서 뭔가 뜨거운 것이 올라왔다. 나도 모르게 코끝이 찡해지면서 예전에 가난했던 살림살이가 주마등처럼 스쳐 갔다. 남편이 벌어다 주던 월급이 충분하지 못하던 시절, 젖이 부족해 보채는 아들을 보면서도 분유를 충분히 사 먹이지 못했다. 그때 슈퍼에 진열된 고급 분유는 나에게 언감생심 정말 피눈물을 나게 하는 존재였다.

늦은 점심이라서 식당은 한산했다. 혼자 켜져 있는 대형 티브이의 화면에 바닷속 풍경이 파노라마처럼 펼쳐졌다. 가족들과 바닷가에 가 본 지가 언제였지…? 정말 까마득하게 느껴졌다. 수중 카메라가 바닷속 곳곳을 비추더니 곧 바위에 다닥다닥 붙어 있는 멍게의 모습을 근접 촬영하여 보여 주었다. 익숙한 목소리의 내레이션이 흘러나왔다. 멍게는 유생일 때는 올챙이처럼 유영도 할 수 있고 뇌, 근육, 신경 같은 고등 기관을 가지고 있는데, 바위를 찾아 안착을 하면 자신의 고등기관을 모두 스스로 소화시켜 버리고 단순히 먹고, 배설하는 기능만 남겨 놓고 살아간다고 한다. 그런 미물의 존재가 생존을 위해 자신에게 그렇게까지 잔인하고 극단적인 방법을 선택하다니…. 나는 할 말을 잃었다.

- 엄마니까….

나는 힘없이 중얼거렸다. 그러나 아무리 합리화해도 일하던 식품 매장에 어떻게든 일 년이라도 더 계약을 연장해 보려고 많은 사람이 보는 데서 노인을 잡아 족친 일이 정말 온전한 정신일까? 불현듯 오전에 발악하던 내 모습과 생존을 위해 자신의 뇌를 소화시켜 버리는 멍게의 모습이 겹쳤다. 나 살겠다고… 보안 요원과 계산대 언니가 그러지 말라고 눈치를 주었는데도… 기어코 훔쳐 간 물건을 찾아오고야 말았다.

출퇴근할 때 나도 잠재적인 도둑 취급을 당한다. 매번 보안 검사를 받는데 입고 있는 옷 주머니와 가방 속을 열어 보여 주어야 한다. 탈의실 개인 옷장도 직원들이 퇴근하고 없을 때 불시에 점검을 당한다. 예전보다는 조금 나아졌지만, 아직도 필요할 때는 언제든 소지품 검사를 불시에 당할 수 있다.

동생은 뜨거운 국밥을 말아 주며 어서 먹으라고 나를 챙겨 주었다. 동생의 밝은 기운을 받으며 뱃속이 따뜻하게 채워지자, 기분도 한결 나아졌다. 아직도 TV에선 바닷속 풍경이 흘러나왔다. 몸통이 불룩불룩 튀어나온 멍게들이 바위에 그악스럽게 달라붙어 온통 붉은 물결을 이루고 있었다. 입수공을 활짝 벌리고 먹이가 들어오기를 기다리며, 불룩한 배를 율동적으로 움직이는 모습을 보고 있으려니 나도 모르게 그 속으로 빨려 들어가 버릴 것만 같았다. 문득 피부가 차갑게 느껴지면서 불룩불룩 올라오는 뭔가 기분 나쁜 섬뜩한 느낌에 소름이 돋았다. 나는 벌떡 일어나 동생에게 그만 가자고 재촉했다.

동생은 다음엔 자기가 밥을 산다는 말을 잊지 않았다. 밥을 먹는 사이에 소나기가 왔었나 보다. 우린 아직 빗줄기가 떨어지고 있는 거리로 나와 약속이나 한 듯 서로의 직장을 향해 뛰었다. 뛰어가며 가쁜 숨을 쉴 때마다 슬픈 기분과 행복한 기분이 밀물처럼 몰려왔다 사라지곤 했다. 매장으로 돌아온 나는 회사의 로고가 선명하게 박힌 앞치마를 걸치고는, 다른 날보다 더 목소리를 높였다.

- 손님! 들어와 맛보고 가세요. 고급 수제 햄입니다!

**김채옥**

임상심리전문가, 수필가
2019년《미니픽션》신인상 수상
2022년《문예바다》수필 신인상 수상

# 시간을 빌리는 사람

배명희

아버지가 돌아가신 지 한 달 남짓, 어머니를 위로하러 초
밥을 사 들고 본가에 갔다. 담장에 붙여 자동차를 세우는데
쇳소리와 함께 대문이 철컹, 열렸다. 어머니가 차 소리를 듣
고 마중 나오는 줄 알았다. 초밥 꾸러미를 들고 차에서 내리
는 데 남자가 대문을 나왔다. 처음 보는 사람이었다. 차 옆을
스치는 남자에게서 풀 냄새가 났다. 풀 향의 비누나 샴푸를
사용하는 모양이었다. 담장에 활짝 핀 능소화가 작별하듯 남
자에게 몸을 흔들었다.

남자를 봤다는 사실을 어머니가 알면 안 될 것 같았다. 나
는 도로 차에 올라 주황빛 능소화를 보며 한참을 앉아 있었
다. 남자가 주택가 골목을 빠져나가고도 남을 시간이 되어서
야 나는 대문을 들어갔다. 어머니가 화들짝 놀라며 나를 맞
이했다.

회사에 있을 시간에 웬일이야?

엄마랑 점심 먹으려고 왔지.

초밥 꾸러미를 눈높이까지 들어 올리니 어머니가 환하게 웃었다.

우리 아들 최고다.

어머니는 씩씩하게 엄지 척 하더니, 이내 눈치를 살폈다.

아버지가 돌아가신 지 얼마 안 됐는데, 내가 좀 지나치지? 반응도 습관인가 봐.

괜찮다는 말 대신, 나는 은은한 향기를 남기고 간 남자를 떠올렸다.

회사 일로 바쁜 아들이 점심시간을 쪼개 자신을 보러 온 것에 어머니는 기뻐했다. 어머니는 그런 사람이었다. 가벼운 칭찬에도 진심으로 감사해했고, 하찮은 선물에도 두 눈이 촉촉해졌다. 순수하고 선한 마음을 가진 어머니 덕에 아버지와 나는 행복했다. 내 아내 역시 따스하고 자상한 성품의 내 어머니를 자기 엄마보다 더 좋아했다.

나는 조금 급하게 초밥을 집어 먹었다. 맛있다 하면서도 어머니는 내가 내 몫을 다 먹는 동안 겨우 세 개를 없앴다. 어머니가 전기 포트에 물을 붓고 끓였다. 회사에 들어갈 시간이 빠듯했지만, 나는 뜨거운 차를 후후, 불어 마신 후 일어났다. 어머니가 대문까지 따라 나와 말했다.

슬픔을 추스를 시간은 너도 필요할 텐데, 자주 오지 않아도 괜찮아.

그 말을 듣는 순간 울컥, 슬픔이 올라왔다. 하지만 어머니가 무너질까 봐 내색할 수 없었다. 어머니가 보이지 않을 때까지 나는 입가에 미소가 사라지지 않게 애를 썼다.

차를 몰아 회사로 향하는데 나도 모르게 찔끔 눈물이 흘렀다. 좌회전 신호가 떨어져, 급하게 출발하며 중얼거렸다.

불쌍한 우리 아버지.

그날 이후에도 나는 장어덮밥과 죽, 파스타 같은 점심 도시락을 사 집엘 갔다. 너밖에 없다고 좋아하는 어머니도 어머니였지만 실은 남자가 더 궁금했다. 하지만 어머니에게 대놓고 물을 수는 없었다.

아버지가 안 계신 마당에 내가 무슨 생각을 하는지. 어머니에게 남자가 생긴들 뭐가 문제란 말인가. 하지만 석연치 않은 감정이 가슴 밑바닥에 눌어붙었다. 대체 언제부터 그 남자와 알고 지냈으며, 날이 갈수록 뭘 하는 작자인지 알아야겠다는 의지가 강해졌다. 대체 그의 정체를 밝혀 어쩌겠다는 건지, 내가 생각해도 한심했다.

남자를 다시 본 것은 한 달 후였다. 그때와 같은 시간에 남자는 철컹, 소리 지르는 대문을 빠져나왔다. 포장해 간 냉면과 아직 따뜻한 만두를 조수석에 팽개치고 나는 차에서 내렸다. 남자는 빠르지도 느리지도 않은 속도로 걸었다. 남자를 따라가다 멈칫했다. 뭐라고 불러야 남자가 뒤돌아볼지 애매했다. 그를 지칭할 마땅한 호칭이 떠오르지 않았다. 보험설계사, 재산 관리인, 친구나 정부? 아무도 아닐지 모른다. 정중하게 다가가도 의혹이라는 실례가 이미 전제되어 있었다. 하지만 더는 이런 식으로 어머니를 찾기는 싫었다. 경보선수처럼 엉덩이를 씰룩이며 걸어 그를 따라잡았다.

방금 당신이 나온 그 집의 노부인이 내 어머니라고 밝히자, 남자는 크고 맑은 눈으로 잠시 나를 보았다. 자신에게 가해질 모욕이나 비난 혹은 과도한 호기심을 기다리는 표정은 아니었다. 그는 들판의 나무처럼, 여름 한낮 주택가 골목에 쏟아지는 볕처럼, 무연히 서 있었다. 내가 마구 발산하고 있는 억제된 감정의 정체를 관찰하면서.

막상 그와 코를 맞대고 서니, 당혹스러웠다. 어머니와 어떤 사이냐고 물으려던 내가 그렇게 유치할 수 없었다. 지금껏 받은 교육과 상식, 나를 빚어 온 자존과 허위의식까지 모든 게 나를 공격했다. 이렇게 쉽게 내 바닥이 드러나고 말았다는 자괴감이 나를 마구 흔들었다.

그런 수렁에서 나를 건져 올린 것은 오랜 직장생활로 다진 처세였다. 나는 재빨리 지갑에서 명함을 꺼냈다. 남자는 명함을 보고 대기업 영업부 차장님이군요. 어머니가 훌륭한 아드님을 두었다는 등의 겉치레 말도 하지 않았다. 남자는 자기 지갑에 내 명함을 넣더니, 대신 자기 명함을 꺼내 내게 주었다.

남자는 시간을 제공하고 보수를 받는 사람이었다. 나는 믿지 못하겠다는 말투로 한 시간도 가능하냐고 물었다. 남자가 상관없다고 대답했다. 내가 뭘 원하는지 묻지 않냐고 하자, 지금껏 자신이 할 수 없는 일을 원하는 손님은 없었다고 했다. 일주일 후로 그와 점심 약속을 잡았다. 식사비용은 (당연히) 내가 부담하는 조건이었다.

운 좋게 유명한 맛집에 자리가 났다. 예약이 별을 따는 만큼 어려운 식당이라 남자가 내 능력을 알아봐 주길 은근히 기대했다.

요즘 가장 핫한 곳이에요. 자리 잡기 힘든데 운이 좋아요.

허세에 찬 자랑을 남자는 간단한 고갯짓으로 넘겼다. 남자의 반응이 미진해 나는 바람 빠지는 풍선처럼 몰랑해졌다. 식사하며 분위기를 몰아 어머니와의 관계를 물으려던 계획은 뜻대로 되지 않았다. 남자는 적극적으로 내 말에 반응하며 나를 들뜨게 하지도 않았지만, 완전히 무시해 기분 상하게 하는 것도 아니었다.

나는 차츰 남자의 분위기에 끌려가며 식사에 집중했다. 뜨거운 돌솥비빔밥을 그렇게 오랜 시간에 걸쳐 야무지게 먹은 것은 처음이었다. 이마에 땀이 송골송골 맺혔고, 나도 모르게 먹는 행위에 온 신경을 집중했다. 고명으로 얹은 각종 나물 맛이 제각각 달랐다. 버섯, 콩나물, 무나물과 시금치와 고사리와 달걀부침의 고소함까지. 남자도 만족한 눈치였다. 그가 맛있다고 한마디만 칭찬하면 나는 열 배 스무 배 맞장구치려고 기회를 노렸다. 하지만 식당을 나올 때까지, 나 혼자 북 치고 장구 치다가 김이 빠져 중얼거리다 이윽고 입을 다물었다. 남자는 처음과 다름없이 커다란 호수처럼 평온했다.

남자와 헤어져 회사로 가는 동안 마음이 차분히 정돈되었다. 그동안 회사 사람과 고객들과 먹은 점심과는 달랐다. 가족과 친한 친구와 즐겁게 한 식사와도 달랐다. 태어나 처음 진짜 밥을 먹은 느낌. 밥 한 알, 나물 한 가닥에 스민 맛까지 또렷이 기억났다.

내 말에 간단한 동조나 맞장구를 원할 때도 남자는 가벼운 깃털처럼 미미하게 반응했다. 나의 무한한 친절과 세심한 배려를 덤덤하게 받아들였다. 묘한 것은 다른 사람과 어울릴

때와 달리 그와의 시간이 조금도 피곤하지 않았다. 어머니와 관계를 캐묻고자 한 사실조차 잊고 있었다. 사십 년 이상 나를 지탱한 인생이라는 나사가 헐거워진 느낌. 편한 잠옷을 입은 기분이었다.

영업 실적 때문에 매주 남자와 점심 먹는 것이 점점 어려워졌다. 고객 만날 일이 잦았고 영업 실적이 목을 조였다. 할 수 없이 퇴근 후, 남자와 만날 시간을 잡았다. 늦은 시간이라고 미안해하니, 직업이니 개의치 않는다고 했다. 우리는 와인이나 위스키 혹은 생맥주 두어 잔을 놓고 한두 시간 말없이 앉아 있었다.

남자가 내게 약간이라도 호응했다면 나는 꼭꼭 숨긴 마지막 고민까지 퍼냈을 텐데. 입에 침 튀기며 떠들다 문득 입 다물며 안도한 적도 있었다. 마음이 착하고 여린 사람이 말을 많이 하게 마련이었다. 상대를 많이 배려하는 사람이 상대가 어색한 시간을 가질까 봐 침묵을 몰아내려고 칼을 휘두르는 법이었다.

남자가 말했다.

세상에 꼭 해야 할 말이 얼마나 되겠는가? 말하다 보면 감정이 끓어올라 하지 않아도 될 말까지 깡그리 쏟아 낸다. 상대는 열정적으로 떠드는 내가 기특하고 가여워 맞장구치고,

감정은 탁구공처럼 둘 사이를 오가며 몸집을 부풀린다. 시작
은 상대에 대한 배려와 친절이지만 그 끝은 하지 말아야 할
말을 해 버렸다는 씁쓸함과 허탈함으로 가득 찬다. 비밀을,
감추고 싶은 치부를 눈치챘을 거라는 생각에 급격히 우울해
진다. 친한 이를 피하기 시작하고, 더는 만나지 않게 된다.
싸우지도 토라지지도 않고, 단지 속마음을 조금 넘치게 주고
받은 것뿐인데 말이다.

　남자는 그 지점에 착안해 시간을 빌려주는 일을 시작했다
고 했다.

　말이 없어도 편안한 만남. 상대의 말을 끌어내지 않는 사
람. 무슨 말이라도 해야 할 것 같은 강박이 없는 시간.

　그를 찾는 사람이 점점 늘었다. 평일에 시간이 나지 않으
면 휴일에 만났다. 그와 도심 둘레길을 걷고, 이따금 교외로
나가 전망 좋은 카페에 말없이 앉아 있었다. 침묵을 서양화
처럼 빼곡 채우지 않아도 되고, 영혼 없이 맞장구치지 않아
도 되는 그와의 시간이 좋았다. 복잡한 삶의 보너스 같은 날
들이었다. 남자와는 공기처럼 익숙해졌다.

　나는 아직 묻지 못했다. 어머니와 그의 관계를. 언제부턴
가 세상 쓸데없는 말이라는 생각이 들기 때문이다.

　퇴직하면 시간을 팔아 볼까? 내게 남자와 같은 내공이 있

는지 모르지만, 나는 그런 생각을 해 본다.

배명희

2006년 중앙일보 신춘문예 등단
소설집 『와인의 눈물』 『엄마의 정원』

# 실로암 커피숍

임나라

멀리 능선이 바라다보이는 언덕 위에 집을 장만한 다애 씨
는 비로소 궤도를 이탈하지 않고 생의 후반전을 맞이할 수
있게 되었나 싶어 안도의 숨이 내쉬어지기도 했다.

'그래, 세상의 모든 작은 것들에도 감사를 드리며 살 나이
가 되었지.'

이곳저곳에서 그동안 알고 지내 온 지인들이 삶의 터전을
옮긴 기념으로 선물들을 보내 왔는데, 그중에는 의외로 그림
책들도 많았다. 놀라운 것은 '할머니'라는 표제를 단 책들이
라는 점이다. 할머니가 될 마음의 준비가 덜 된 다애 씨에게
'할머니'라는 단어는 부끄럽게도 낯설기 그지없었다. 그런데
이토록 많을 줄이야.

우리 동네 할머니, 카진스키 할머니를 위한 선물, 이름 짓
기 좋아하는 할머니, 이상하고 자유로운 할머니가 되고 싶

어, 할머니의 팡도르, 복슬개와 할머니와 도둑고양이, 할머니의 여름 휴가…. 그리고 이미 읽은 적이 있는 '미스 럼피우스'도 있었는데, 온 산과 들에 루핀 꽃씨를 퍼뜨려 아름다운 동산으로 가꾼 할머니 이야기에 반한 적이 있는 책이다.

지인들은 아주 오래전부터 다애 씨가 할머니 되기를 기다려 왔던 듯했다.

"다애 씨, 기발한 생각이 떠올랐어요. 그곳을 책 읽고 차 마시는 공간으로 만드는 거예요. 어때요? 분명 힐링을 필요로 하는 사람들이 가끔 찾아오지 않겠어요?"

한 지인의 귀띔에, 다애 씨는 망설임 없이 나무를 잘라 깎고 칠한 후 간판을 만들어 걸었다.


'실로암 커피숍' * 모든 것이 협력하여 선을 이루느니라. 로마서 8장.


봄날 오후의 햇살이 실내로 반쯤 들어와 있을 무렵, 커피 향도 알맞게 퍼져 햇살과 어울리고 있었다. 종소리에 이어 초로의 두 여자가 문을 밀고 들어섰다.

"실로암, 여기서 커피를 마시면 눈도 밝아지나요? 호호. 두 잔 주문할게요."

"단장님은 명동 커피만 드셨다면서요? 괜찮으시겠어요?"

"호호. 인생 뭐 별거 있나요? 이제 시골 커피도 잘 마신답니다."

커피를 내리는 다애 씨 손이 살짝 떨리는 듯했으나 눈만 한 번 꾹 감았다 떴을 뿐 어떤 표정도 내비치지 않았다.

"마을에 기업 유치를 위해 애쓰던 군 의원님이 모함을 받아 이번에 쫓겨나게 된 거, 김 사장도 알고 있죠?"

탱글탱글한 목소리를 따라 다애 씨가 고개를 돌려보니 눈도 탱글탱글해 보이는 여자가 맞은 편 여자를 향해 커피 잔을 들어 보이고 있었다.

"네, 저도 들었어요. 그래서 애써 오시던 유치단장님이 곤란해지신 건가요? 이제 유치를 못 하게 된 거예요?"

"군 의원님이 백방으로 알아보고는 계신 거 같은데, 모르겠네요? 그나저나 기업 유치가 잘되면 김 사장한테도 사업권 큰 거 하나 맡기려고 했는데 아쉽군요."

"단장님이 애써 주신다기에 저는 기대를 많이 하고 있었죠."

김 사장이라 불린 여자의 눈빛이 간절해 보였다.

"미리 포기는 하지 말고 좀 기다려 봐요."

유치단장은 간절한 눈빛 너머로 찻잔 정리를 하는 다애 씨에게 시선을 주며 말을 이었다.

"사회가 점점 고령화되어 가고 있죠? 아직도 현장으로 내몰리는 노인들도 많은가 봐요? 심각한 사회문제예요."

멍해진 다애 씨가 뭐라 말하기도 전에 유치단장이 꼿꼿이 허리를 세우며 앞장섰고, 종종걸음으로 뒤따르던 김 사장이 커피값을 계산한 후 부리나케 뒤따라 나갔다.

현실에서 일어나는 일들이 항상 꿈꾸던 것과 같지는 않다는 걸 다애 씨는 새삼 깨달았다.

이튿날 여자 둘이 다시 왔다.

"장사 좀 되라고 또 올라왔습니다. 할머니, 무섭고 외롭진 않으세요?"

탱글탱글한 유치단장의 말에 다애 씨가 말없이 미소를 지었다.

"김 사장, 군의원님이 모함을 풀려고 변호사를 선임했어요."

"그럼 기업 유치가 다시 가능해질 수도 있나요, 단장님?"

김 사장의 눈이 반짝 빛났다.

"그러려면 우리가 의원님을 뒤에서 도와줘야지요. 김 사장도 변호사비 후원을 좀 하세요. 의원님이 혼자 가엾잖아요?"

"그럼 한 이백…, 정도?"

"삼백, 해요. 오른손이 한 일을 왼손이 모르게. 갑시다, 내가 좀 바빠요."

그들은 차를 마시면서 한 번도 실내를 둘러보지 않았다.

새로 만난 다애 씨의 일상은 느린 듯하나, 잔잔한 일들의 연속으로 끊임없이 움직여야 했다. 나무를 심고, 꽃모종을 하고, 맨발로 이제 막 자라기 시작한 풀을 뽑는 일들을 해내며 비로소 천천히 소리 내어 기도문도 욀 수 있게 되었다. 그중에, 할머니들의 꿈과 미래를 그린 그림책을 읽는 일은 중요하고도 즐거운 일과 중 하나였다.

여러 날이 흐르고 흘러 싱그러운 초여름으로 절기가 바뀌어 갈 즈음이었다. 김 사장이 양복을 입은 남자와 함께 들어오며, 커피 두 잔요, 하곤 자리에 털썩 앉았다.

"의원님. 정말 그 여자, 단장인가 뭔가 하는 여자한테 돈을 받은 적 없다는 말씀이 사실인 거죠? 의원님이 고향의 발전을 위해 애쓰다가 모함을 당해 변론이 필요하다고 해서 그 여자 통장으로 제 피 같은 돈을 보낸 건데 그걸 가로채서 떼먹어요? 세상에, 이건 신문에나 날 사기예요, 사기. 뭐? 오른손이 한 일을…? 쳇. 얼마나 의원님을 가엾다고 하던지. 깜빡 속았어요, 속았어…."

남자는 쉴 새 없이 떠드는 김 사장의 고성을 더 들을 수 없었던지 벌떡 일어나 카운터로 다가와 결제 카드를 내밀며 메뉴판 위에 쓰인 문구를 마디, 마디, 쉬어 가며 천천히 읽어

갔다.

"모든 것이, 협력하여, 선을, 이루느니라. 그런데 세상 일이 그리 쉽지는 않지요, 선생님?"

그는 입가에 엷은 미소를 머금고 있었다. 몹시 고단해 보였다.

"책도 많으시군요. 침침한 눈을 씻어야 할 때면 이곳 '실로 암'으로 가끔 찾아뵙겠습니다."

다애 씨는 등을 보이며 문밖을 나서는 그를 급히 불러세웠다.

"의원님. 지금이 바로 그때인 거 같네요. 제가 오늘 아주 맛있는 커피를 의원님께 대접해 드릴게요."

**임나라**

2024년 미니픽션 「그 연인」으로 천안문학상 수상
1984년 《서울신문》 신춘문예에 동화 「파랑이의 구름마차」으로 등단
동화집 『남이의 징검다리』 『광덕할머니의 꽃자리』 『밥 태우는 엄마』 외

# 아프리카의 춘자와 순자

조재훈

　마을은 땡볕이 내리쬐는 사바나 한가운데 자리 잡고 있었다. 비가 거의 내리지 않는 사바나 기후답게 볼품없는 작은 나무들이 듬성듬성 흩어져 자라는 마을 어귀에 유달리 둥치가 큰 나무 한 그루가 자리 잡고 있는 것이 눈에 띄었다. 그리고 언제부턴가 그 나무줄기에는 날카로운 칼끝으로 무언가 길게 흔적이 새겨져 있었다.

　내가 그 사바나 마을을 찾게 된 것은 모 방송사의 한글날 특집 프로그램 제작을 위해서였다. 기존의 천편일률적인 한글의 우수성에 대하여 말하는 내용이 아닌, 시청자들의 시선을 끌 수 있는 새로운 소재를 고민하던 중에 이 마을을 찾아낸 거다.

　한국인 선교사가 아프리카 오지마을에서 선교 활동을 하면서 현지의 한 원주민 청년에게 한글을 가르치고 있다는 것이다. 학교는커녕 전기도 필기도구도 없는 아프리카의 오지 마을에서 한 젊은이가 우리글을 익혀 가고 있다는 건 우리에게 눈이 번쩍 뜨이는 좋은 아이템이 아닐 수 없었다.

즉시 현지의 선교사와 연락하고 한 달여 후 우리는 유럽을 거쳐 아프리카로 향하는 대장정에 오를 수 있었다.

수도 나이로비로부터 비포장도로라고 이름 붙일 수도 없는 험준한 돌길을 따라 타고 가던 지프가 전복되는 우여곡절을 겪으면서 일박이일에 걸친 고된 여정 끝에 도착한 하비부족의 마을이었다.

그 유명한 마사이족의 사촌 부족이라고 알려진 하비부족의 이십여 호 마을은 오십여 명의 사람들이 21세기 문명의 혜택과는 담을 쌓은 채 오직 염소 몇 백 마리를 키우며 살아가는 전형적인 아프리카 오지의 촌락이었다.

식기 몇 개 외에는 가구라고는 거의 보이지 않는 어둡고 소박한 작은 집 안에는 작은 물항아리들을 안쪽 깊숙이 숨겨 놓은 것이 눈에 띄었다.

한눈에 보아도 지저분한 구정물이었지만 그것이 그 마을 주민들의 생명수였다. 그 구정물이나마 얻기 위해선 여자와 아이들이 십 리 이상을 걸어가야만 하는 고된 노동이 필요했고, 그렇게 소중한 물을 지나가는 누군가 몰래 마시기라도 할까 집안 깊숙이 숨겨 둔다는 것이다. 그런 열악한 환경 속에서 살면서도 사람들은 친절했고 쾌활했다.

마을에 들어서면서 먼저 우리의 눈길을 끌었던 것은 마을 입구의 유일하게 큰 나무였다. 그리고 나무줄기에 새겨진 그림은 현지인들이 보았을 땐 마을 아이들이 짓궂은 장난으로 소중한 나무를 훼손한 상처로만 보였겠지만 내 눈에 그것은 분명히 '글자'였다.

삐뚤빼뚤 좀 어설프긴 했으나 그 나무줄기에 씌어 있는 건 (혹은 그려져 있는 건) 엄연한 한글이었다.

내용을 알 수는 없으나 이 글이 이 부족 유일의 한글 해독자 카마메의 작품이란 건 명확한 터, 선교사님과 일단 카마메를 만나 내용을 듣고 프로그램의 도입부를 머릿속에서 구상해 나갔다.

멀리 지구 반대편에서 마을을 찾아온 이방인들을 마중하기 위해 삼십여 명의 마을주민들이 야생화를 꺾어 들고 마을 입구에 두 줄로 늘어서서 기다리고 있었다.

제작진이 걸어 들어가자 그들은 원주민 특유의 비음이 섞인 환영 노래를 부르며 박수를 친다. 줄의 중간쯤에서 내가 큰 소리로 나무줄기에 씌어 있는 내용을 외친다. 그러면 카마메와 우리가 약속한 처녀가 당황해하며 대열에서 빠져나와 마을 뒤쪽 염소 우리 쪽으로 달아난다. 카마메가 뒤를 좇아가 남들 안 보이는 곳에서 둘이서 이야기를 나눈다가 우리의 애초 계획이었다.

그러나 내가 소리쳐 나무줄기의 내용(그것은 '카마메는 오린카를 좋아한다'는 말이었다.)를 목청껏 외쳐도 그것도 혹시 잘 안 들렸을까 봐 두 번이나 외쳤지만 카마메와 내가 약속한 처녀는 얼굴이 벌게지기만 할 뿐(검은 피부라 구별하긴 어려웠지만 내 느낌이 그랬다는 거다.) 얘기한 대로 뒤로 달아나지 않고 우물쭈물 서 있기만 할 뿐이었다.

마을 사람들이 모두 모인 가운데 느닷없이 사랑의 고백을 듣게 된 처녀가 부끄러워하며 줄을 벗어나 달아난다.

우리와 카마메, 그리고 처녀가 함께 얘기한 내용이었는데 뭔가 잘못된 것이다.

정작 놀라워하고 얼굴을 두 손으로 감싼 것은 줄의 맨 끝쪽에 서 있던 비슷한 또래의 다른 처녀였다. 마을 주민들이 모두 바라보는 것도 그녀였다.

카마메의 표정 또한 심상치 않았다.

나를 노려보는 눈초리가 화가 나서 어쩔 줄 몰라하는 표정이 역력했다. 그러나 아프리카 땅에서 한글을 스스로 익힐

만큼 눈치 빠른 카마메였다. 상황을 재빨리 파악한 카마메는 곧 약속한 처녀에게로 다가가 그녀의 팔을 끌고, 남들의 눈을 피해 우리와 약속한 대로 마을 뒤쪽 염소 우리로 데려가 말을 나누는 장면을 연출하였다.

우여곡절 끝에 도입부의 촬영을 무사히 끝낸 뒤 일의 자초지종에 대해 선교사님께 들을 수 있었다. 카마메가 나무에 쓴 글자 '카마메 아이리니 오린케'는 카마메는 오린케를 좋아한다는 뜻이었다. 왜 우리들도 어릴 때 좋아하는 애의 이름을 책상 위에 칼로 새기거나 심지어는 문화유산에까지 새겨 넣는—그래서 종종 사회문제가 되기도 하지만—그런 경우를 왕왕 접하지 않는가.

글자를 배운 스무 살 청년 카마메도 주체 못 하는 자신의 사랑의 마음을 그렇게 표현해 보고 싶었으리라.

한국이나 아프리카나 사랑하는 연인들의 마음이야 다를 리 있을까.

나무에 쓰인 글의 내용을 듣는 순간 머나먼 아프리카 오지에서도 한글이 사랑의 메신저 역할을 하고 있다는 것을 나는 우리 시청자들에게 전달하고 싶었다.

문제는 내가 그 가운데 한 글자를 잘못 말했다는 거다. '오린케'라고 해야 할 이름을 내가 '우린케'로 잘못 외워 말했고,

불행히도 그 마을엔 '우린케'라는 이름의 또 다른 처녀가 있었고, 더군다나 오린케와 함께 우리 일행을 맞이하기 위해 그녀도 줄 끄트머리에 같이 서 있었던 것이다.

한 세대쯤 전에는 우리들의 이름도 순자, 춘자, 말자 등과 같이 가운데 자만 다른 이름들이 흔했듯이 하비부족 처녀들의 이름도 가운데 자만 다를 뿐 모두 '린카'로 끝난다는 사실을 이해하지 못했던 나의 실수였다. '춘자'라고 해야 할 것을 '순자'로 부른 셈이다.

인물 좋고 명민하며, 더군다나 키우는 염소의 숫자도 많은 카마메는 사실 마을 처녀들 모두가 동경하는 청년이었고, 결혼 적령기가 지난 그때까지 공개적으로 누구를 선택하질 않았기 때문에 마을 처녀들은 모두들 은밀히 마음을 졸이고 있었던 터. 그런 와중에 낯선 이방인들을 통해서 한 처녀의 이름이 호명되는 상황이 발생했던 거다.

그동안 둘만의 은밀한 사랑을 키워 왔던 오린카는 물론이고 느닷없이 지명을 당한 우린카는 또 얼마나 당황스러웠을까.

카마메가 춘자에게는 잘 설명을 해서 마무리했다고 들었는데, 일순간이나마 기대에 차 들떴던 순자가 한동안 울며불며 소란을 피워 마을 전체가 난감해했다는 후문이다.

우여곡절 끝에 촬영은 무사히(?) 끝이 났고, 그날 저녁 우리는 마을 원로에게 불려갔다. 마을을 소란케 한 벌을 받아야 한다는 것이다.

젊은이의 사랑하는 마음을 엉뚱하게 전달해서 처녀 둘의 마음을 갈가리 찢어 놓은 벌로 이 사달을 일으킨 당사자는 '순자'(오린카, 아니 우린카인가?)를 아내로 맞아 이 마을에서 평생 살도록 하라는 아프리카 하비부족 식의 중형은 다행히 피할 수 있었고, 우리는 대신 염소 한 마리를 마을 회식비용으로 내는 것으로 원로와의 타협을 마무리했다.


그해 한글날 특집 프로그램은 높은 시청률을 기록하며 성공리에 방송이 되었다. 모두 카마메와 더불어 이름이 헷갈리는 두 처녀의 덕이다.

가끔 요즘도 일이 잘 안 풀리거나 낙담할 때 그때의 부족 원로가 마을에서 그 처녀와 함께 평생 머물러야 한다고 선고했다면 어땠을까 상상해 보기도 한다.

그때마다 드는 생각은 다 좋은데(?) 흙탕물을 마시며 살아야 한다는 게 도저히 내키지 않아서 난 그 마을에 머물 수가 없었겠다는 게 변치 않는 내 결론이다.

그날부터 오랜 시간이 흐른 지금 카마메와 춘자는 그 사바나 마을에서 잘 살고 있을까? 순자는?

**조재훈**

1956년 경기도 출생
2010년 문예지《청산문학》시 등단
전 KBS 다큐멘터리 프로듀서

# ADHD

황현욱

I should finish that. 동시에 '대체 왜'라는 의문. '해야 하니깐.'이라는 이유 뒤에 수없이 붙을 '왜?'라는 갈고리들. 거기에 꿰이기 싫어서 찾는 확실한 이유 하나, 둘, 셋, 네 번쯤 재를 털며 흘러온 시간을 다시 체크한다. 휴대폰을 찾으려다 그려지는 메시지들. 그들에게 홀리지 않으려 뉴스 채널을 튼다. 이슈와 논란들. 각기 다른 저울을 든 각각의 사람들. 무게감. 값어치. 관심도가 결국 상대방의 싯가에 맞춰질 가십들. 흥정할 바엔 차라리 안 사지. 마음을 안 두지. 따지고 보면 결국 누가 무엇을 했지. 혹은 누구와 누가 무엇을 어떤 이유로 어떻게 했지. 결국 저질러진 일들. 혹은 저질러질 일들. 어쨌든 당사자가 아니라면 대체 무슨 의미가 있을까. 당사자가 될 수 있을까. 왜 그리 의미를 찾으려 집착을 할까. 의미가 없다는 것도 의미가 될 수 있을까. 어떤 의미건 공감이 없

다면 옳지 않고, 틀리고, 아니잖아. 부정. 아버지의 사랑. 그것의 결핍이 나를 부정적으로 만들었을까. 피해의식. 어쩌면 질투심. 어쩌면 약한 모습. 어쩌면 어떤 것들을 숨기려 발악한 객기. 쌓인 업보. 그렇기에 지금 와서 바라는 모습과 멀어진 건 아닐까. 불쾌한 생각. '똑… 똑… 똑…' 방울방울 떨어지는 시간들을 느낀다. 가끔씩 비가 올 때, 바닥에 튀겨지는 빗방울을 보며 이상한 충동이 든다. 빗방울 하나가 더 작은 조각으로 쪼개지며 튀는 모습. 장면. 본 것이라기보다는 상상한 것. 물수제비처럼 그 조각이 조각들이 되고 그중 한 조각이 조각들이 되는. 어쩌면 세대라는 것은 그런 느낌이 아닐까. 무슨 짓을 해도 전 조각이 다음 조각보다 클 수밖에 없는. 다음 조각은 전 조각이 없어야 그다음 조각에게 가장 큰 조각이 되는. 감소수열. 기술의 발전이 만든 생생한 기록 혹은 유지되는 과거. 혹은 한참 전의 항들보다 감소 폭이 적어졌기에, 대충 보면 유의미하지 않은 차이. 그 차이를 느끼는 섬세함, 예민함, 과민함. 세 단어가 남을 평가할 때 쓰인다면 중요한 것은 결국 남에 대한 애정이 아닐까. 섬세한 나, 예민한 나. 과민 반응하는 나. 어쩌면 평가할 때의 기분일 수도 있겠다. 대체적으로 과민한 내 기분. 그렇기에 항상 날카로워. 그래서 매번 날 가두어. 잠음이 싫으니깐. 접촉을 싫어해. 무엇이든 행한다는 것은 또 다른 것들을 행하게 만들어. '대체 왜' '무엇을 위해서' 항상 대답을 찾지 못해. 반복적인 쓸데없는 생각들. 생각의 공장들. 결국 나를 사랑했어야 한다는 후회를 할까. 사랑이 뭔데. 어느 정도가 적당한 사랑인데. 과하면 사랑이라 안 보잖아. 이것도 결국 남의 장단. 나는 신경 안 쓰는데 왜 그들은 나를 신경 쓰지? 사랑해서? 아껴서? 그래서 내가 똥 됐지. shit. tired of bullshit. 멍멍. 멍하게 바라보는 뉴스의 자료화면들. 관심을 끈다. 티비를 끈다. 그래서 지금 몇 시인데. am 3:37. 얼마 안 남은 새벽. 그 전에 끝내야 되는데. 집중이 안 돼. 넘치는 생각들. 넘치는 욕조의 물. 수도꼭지를 잠근다. 생각꼭지는 어떻게 잠그지. 주로 마를 때까지 틀어 놓는다. 하지만 오늘은 그러면 안 돼. 대충 물기를 닦고, 맥주를 꺼내러 간다. '뚝… 뚝… 뚝…' 마르지 않아.

신발장 바닥에 두었던 편의점 봉투. 속의 맥주와 와인, 와인오프너, 볼펜과 아이스크림, 금연껌과 담배. 맥주 마시기엔 배불러서 와인을 집어 든다. 어지러움. 반신욕을 너무 오래 했나. 기운이 쑥 빠진다. 코르크를 뽑는 행위에 소모될 에너지. 와인을 내려놓고는 마시다 남긴 보드카를 찾으러 간다. 거실. 방. 베란다. 먹다 남긴 감자칩. 한 조각을 먹어 본다. 살짝 눅눅하지만 아직은 바삭하다. 몇 조각 더 주워 먹는다. 다시 거실 티비 앞으로 가 기름기 묻은 손가락을 휴지로 닦는다. 반복되는 좋아하는 뮤직비디오들. 어제 나왔다는 뮤직비디오가 보고 싶다. 리모컨을 찾는다. 소파 쿠션을 뒤척인다. 리모컨 대신 보드카. 소파에 앉아 한 모금 홀짝인다. 퍼져 가는 알코올. 몸이 안 좋긴 한 듯. 금세 몽롱해진다. 소파에 기대 눕는다. 시선은 티비. 오른손등은 머리를 받치고, 왼손은 보드카 병을 쥔다. 툭 툭. 바닥을 건드는 유리병. 왼 손목이 간지럽다. 멎어 가는 출혈. 낮에 밖에서만큼 날카롭지 않았던 나. 얕았던 상처. I should finish this. 조금 더 헤집고 벌려 봐야 모든 것이 쏟아지고 마를 텐데. 잠가야 하는데. 여기서 끝내야 하는데. 낮의 짜증에 다시 몰입을 못 했어. 집중이 안 돼서. ADHD. no. AGAD. 이미 나는 죽은 것과 다를 바 없으니. 죽을 필요가 없어.

**황현욱**

세종대학교 국어국문학 졸업
한국미니픽션작가회 제4회 신인상 수상

# 홍시 한 박스

남명희

*

"생각이 난다. 홍시가 열리면 울 엄마가 생각이 난다."

아내는 또 엄마 생각이 난 모양이다. 휴대폰을 들고 웅얼웅얼 노래를 따라 부른다. 감나무 가지마다 붉은 구슬 같은 홍시가 주렁주렁 매달린 날, 엄마가 병원에 입원하면서 아내의 울 엄마 노래가 부쩍 잦아졌다.

엄마가 침대에서 일어나다 넘어져 고관절이 부러진 사고였다. 손을 헛짚어 일어난 작은 실수였지만 일이 커지고 말았다. 담당 의사는 엄마의 수술을 적극적으로 권하지 않았다. 94세의 고령인 데다 심장도 좋지 않아 자칫 위험할 수도 있다는 것이다. 하지만 아내는 아파하는 엄마를 그냥 지켜보기만 할 거냐며 나를 채근했다. 망설이던 나는, 의사와 상담 후

심장 수술을 먼저 한 다음 고관절 수술을 하기로 결정했다.

수술 후, 아내와 병실로 엄마를 보러 갔다.

엄마는 싸리나무처럼 바짝 마른 양손을 그러모은 채 종일 잠만 잤다. 마치 박제가 된 개구리같이 앙상했다. 아내는 가녀린 엄마 손을 잡고 소리 없이 흐느꼈다. 머리맡의 계측기 화면에는 녹색 파장이 끊임없이 오르내렸다. 물결치듯 이어지는 혈압, 호흡수, 맥박 따위의 수치들을 바라보던 나는 문득, 엄마가 살아 있는 '미라' 같다는 생각이 들었다.

음식물을 잘 삼키지 못하는 엄마는 코에 끼운 비위관으로 식사를 했다. 눈을 감은 채 점심을 먹던 엄마가 어쩌다 힘들여 실눈을 뜨고서 우리를 빤히 바라보았다.

'냉면이 먹고 싶어.'

평소 냉면을 좋아하던 엄마가 눈으로 말하고 있었다. 얼마나 냉면 생각이 간절했으면 저토록 눈빛이 애절할까. 마음이 짠했다. 엄마가 비위관 식사를 하는 동안, 아내와 잠시 병실 밖 휴게실로 나왔다.

"코드 블루! 코드 블루! 코드 블루!"

갑자기 천장 스피커에서 암호 같은 말이 다급하게 흘러나왔다. 순간, 주변이 부산해지며 흰 가운을 입은 사람이 복도 저편 어딘가로 급히 달려가는 모습이 보였다. 아내는, '혹시 엄마에게 무슨 일이?'라는 표정으로 나를 한 번 바라보더니 얼른 일어나 병실로 뛰어갔다. 나도 황급히 뒤를 쫓아갔다. 그러나 엄마는 병상에 똑바로 누운 채 여태 콧줄로 식사를 하고 있었다.

*

한 달여 만에 엄마는 하늘나라로 떠났다. 용인 공원묘원에 아버지와 합장하고 온 날 저녁, 나는 홍시 한 박스를 사 왔다.

"여보, 그동안 엄마 모시느라 수고 많았어요."

아내의 눈가에 작은 이슬이 맺혔다. 홍시! 아내는 홍시, 하고선 울먹이며 내 가슴에 얼굴을 묻었다.

"내 엄마처럼 의지하고 살았는데, 이제 난 어떡하면 좋아요. 울 엄마가, 울 엄마가, 보고 싶어요."

그러면서 아내는 홍시 박스를 들고 방으로 들어갔다.

"생각이 난다. 홍시가 열리면 울 엄마가 생각이 난다."

아내의 노랫소리가 들렸다. 방안에서 홍시를 먹고 있던 아내가 엄마 생각이 간절한 모양이었다. 나는 아내의 노래를 들으며 결혼 첫날밤에 그녀가 들려준 얘기를 떠올렸다.

*

초등학교 3학년 때였어요. 엄마는 나를 2층짜리 낡은 건물 두 개가 있는 곳으로 데리고 갔어요. 꽤 넓은 운동장이 있어서 학교에 왔다고 생각했어요. 붉게 물든 담쟁이넝쿨이 건물의 갈라진 벽을 타고 손을 뻗쳐 기어오르고 있었어요. 엄마와 함께 현관문을 열고 들어가는데 무슨 '상담소'라는 간판이 있었던 것 같아요. 엄마는 나를 복도에 세워 둔 채 어느 방으로 들어갔어요. 한참 후, 한 남자와 그 방에서 나온 엄마가 말했어요.

"당분간 여기서 지내고 있어."

그러면서 엄마는 나를 힘껏 끌어안아 주었어요. 내 눈도, 엄마의 눈도 물기로 흠뻑 젖었어요.

"엄마가 데리러 올 때까지 잘 지내야 해. 알았지?"

그런 다음, 한참 동안 내 얼굴을 어루만지던 엄마가 손가방에서 홍시 두 개를 꺼내 주었어요. 그 후, 엄마는 영영 나를 찾으러 오지 않았어요.

*

"생각이 난다. 홍시가 열리면 울 엄마가 생각이 난다."

방안에서 들려오는 아내의 노랫소리가 이어졌다. 그날, 아내는 밤새 울 엄마 노래를 불렀고, 나는 하늘의 수많은 별을 헤아리며 아내 곁을 지켰다.

**남명희**

2014년《문학나무》에 「이콘을 찾아서」로 등단
2014년, 2015년《경북일보》문학대전 수상
소설집 『자밀』, 미니픽션집 『당신은 GPS로 추적을 받고 있습니다』

숨터_3

# 푸른빛의 유혹

서빈


습관처럼 스마트폰을 켠다.

단톡방에 동창의 결혼식 소식이 뜬다. 화려한 호텔, 모델 같은 포즈, 축하 댓글들이 쏟아진다. 라면을 먹으며 화면을 스크롤 한다. 호텔 인피니트 수영장에서 찍은 사진, 파리 에펠탑 아래에서 와인 잔을 든 사진. 스크롤을 내리는 손이 점점 무거워진다.

젓가락을 내려놓고, 창문을 연다. 고시원 창문 너머로 멀리 아파트 단지 불빛이 반짝인다. 별처럼 아득하다.

'저 아파트에 들어가면 행복해질까?'

침대에 누워 다시 스마트폰을 켠다. 푸른빛은 유혹의 손길을 다시 뻗친다. 뉴스 속 숫자가 뜬다.

'출산율 0.78.'

화면을 응시하며 생각한다.

'결혼? 이렇게 살지 못할 바엔 안 하는 게 낫지.'

푸른빛이 천장을 물들인다. 나는 스크롤을 내리는 손을 멈추지 못 한다.

# 미니픽션
# 프리즘 III

# 그림자 전시회

로길

오후 세 시.

어느 폐공장 간판의 솟은 쇳덩이 그림자가 단단한 글자를 만들었다. 〈그림자 전시회〉.

전시장 입구에 선 내 그림자가 건물 안쪽으로 늘어지며 입장을 재촉한다.

첫 번째 전시물 '찢어진 그림자'. 벽에 투영된 그림자가 조각조각 나뉘어 있다. 그걸 보는 내 그림자도 갈라지기 시작한다.

두 번째 전시물 '젖은 그림자'. 바닥에 고인 물웅덩이 위로 그림자가 떠다닌다. 내 그림자도 젖었는지 몸이 무거워진다.

세 번째 전시물 '딱딱한 그림자'. 돌처럼 굳은 그림자. 내 몸이 굳어 간다.

네 번째 전시물 '구멍 난 그림자'. 전시물을 보는 내 그림자도 구멍 난 치즈처럼 빛이 새어 나왔다.

다섯 번째 전시물 '접힌 그림자'. 종이를 접은 듯한 그림자. 내 팔다리가 불편하다.

여섯 번째 전시물 '흘러내린 그림자'. 갑자기 녹은 아이스크림처럼 바닥에 뭉개지며 흘러내린 그림자. 문득 힘이 빠져 버렸다.


마지막 전시물 장소엔 '그림자 수선가'라는 한 사람이 서 있다. 어두운 탓에 얼굴이 희미한 그가 내게 손짓한다.

"당신의 그림자를 고쳐 드리겠습니다."

그가 근처의 불을 모두 끄고 내 주위를 돈다. 갈라지고, 젖고, 일부는 굳고, 구멍 나고, 접힌 곳과 흘러내리는 곳이 뒤섞였던 내 그림자가 원래 모습으로 돌아왔다. 나는 안도하며 그에게 감사 인사를 한다.

"수선비를 내셔야 합니다."

나는 주머니를 뒤진다. 지갑이 없다.

"괜찮습니다. 당신의 그림자로 받겠습니다."

대답하기도 전에 내 그림자가 몸에서 떨어졌다. 몸이 말을 듣지 않는다.

그 남자, 아니 내 몸이 전시장을 빠져나가는 것을 본다.

'순진한 그림자'
나는 새로운 전시물이 되었다.

**로길**

동화작가, 미니픽션 작가
제1회 부엉이철학동화상 수상

# 달빛 아래서

서빈

손을 뻗으면 금방이라도 닿을 것처럼 달이 가깝게 보였다.

'단이는 지금 무얼 하고 있을까? 단이도 내가 있는 지구를 바라볼까?'

P517은 푸르스름한 슈퍼 블루문을 바라보았다. 지구에서 보는 달은 언제나처럼 평온해 보였다. 그러나 달에서 보는 지구는 어두운 잿빛일 것이다. 이제 지구는 더 이상 푸른 지구가 아닐 테니까.

P517은 그 잿빛의 지구에서 홀로 '월광소나타'를 듣는 중이었다. 음원 탱크에서 흘러나오는 '월광소나타'만이 P517의 옆을 지켜 주었다. '월광소나타'는 단이와 즐겨 듣던 곡이었다. 단이는 어렸지만, 이 음악을 좋아했다. 울다가도 그칠 정도였다. P517은 '월광소나타'를 매일 들었다. 이 음악을 들으면 단이가 옆에 있는 것 같았다.

11년 전, P517은 6살 단이의 말동무 AI로 이곳에 왔다. 단이는 P517을 '테라'라고 명명했고, 그때부터 P517의 이름은 테라가 되었다. 하지만 단이가 없는 지금, 이름은 소용이 없었다. 그저 제품 번호인 P517로 존재할 뿐이다.

P517은 '메모라이저'를 재생했다. 스크린에는 P517을 안아주는 단이가 있다. P517은 하루에도 수십 번씩 자신을 안아주던 단이를 재생하곤 했다.

"꼭 돌아올게, 테라."

스크린 속 단이는 눈물이 그렁그렁한 눈으로 그렇게 말했다. 떠날 때 10살이었던 단이는 이제 17살이 되었을 것이다.

P517은 가지고 있는 데이터로 단이가 어떻게 자랐을지 생성해 보았다. 청소년의 단이 모습에는 어린 단이가 여전히 있었지만, 왠지 낯설었다. P517은 단이를 직접 보고 싶었다. 하지만 P517이 청소년의 단이를 만날 일은 없을 것이다. 단이는 돌아온다고 했지만, P517은 알고 있었다. 단이가 돌아올 수 없다는 것을.

7년 전, 지구인들은 모두 달로 이주했다. 점점 뜨거워지는 지구의 열기를 피해서였다. 무분별한 소비와 환경오염으로 지구가 자정 능력을 잃었기 때문이었다. 단이 가족은 P517 때문에 달로 떠나는 날을 미루다 마지막 이주 그룹에 섞여 가장 늦게 지구를 떠났다.

띠리릭.

P517의 가슴에서 알림음이 울렸다. 에너지를 충전하라는 신호였다. P517은 태양 에너지 패널이 있는 태양광 실로 이동했다. 이곳은 사람들이 지구를 버리고 떠나기 전까지 태양광을 연구하는 곳이었다. P517은 단이네가 떠난 후, 에너지를 쉽게 얻기 위해 이곳을 주거지로 삼았다.

에너지 포트를 패널에 연결하고 충전 모드로 들어가려는 순간, 구석에서 무슨 소리가 들렸다. P517은 하려던 걸 멈추고, 소리 나는 쪽을 바라보았다. 무언가 작은 것이 꼼지락거리는 게 보였다. 작은 강아지 로봇이었다. P517처럼 주인은 달로 이주하고 혼자 남겨졌을 것이다. 한쪽 다리가 뽑혀 있었다.

"다리를 잃었구나!"

P517은 강아지 로봇을 안아 들었다. 목에 '볼츠'라고 쓰여 있었다.

"네 이름이 볼츠니? 나는…"

P517은 잠시 멈췄다가 말을 이었다.

"내 이름은 테라야."

P517은 강아지 로봇에게 자기 이름을 알려 주었다. 이름을

불러 주지 못한다 해도 자기 이름을 알고 있는 존재가 있다는 것이 왠지 모를 위안이 되었다. 위안을 느끼는 자신을 보며 P517은 자기가 누군가를 기다렸을지도 모른다는 생각이 들었다.

'인간이랑 같이 지내면서 나도 '외로움'이라는 걸 느끼게 된 걸까?'

생소한 감각이었다. 그때, 강아지 로봇이 꼼지락거리는 게 손에서 느껴졌다. 잡혀 있는 게 불편한 모양이었다.

"미안."

P517은 들고 있던 강아지 로봇을 땅에 내려놓았다. 로봇 강아지는 P517 곁에서 떠나지 않았다.

'어쩌면 이 로봇도 자기 이름을 불러 줄 누군가를 기다렸을지 몰라.'

P517은 강아지 로봇을 내려다보며 왠지 모를 동질감을 느꼈다.

"네 다리는 내일 찾아보자."

테라는 볼츠와 함께 근방을 탐색하며 볼츠의 다리를 찾으려고 했다. 하지만 볼츠의 다리는 좀처럼 발견할 수 없었다. 대신 그들이 발견한 건 황폐한 도시의 모습이었다. 한때 경제적 풍요와 기술적 진보를 자랑하던 고층 빌딩들은 이제 보이지 않았다. 빌딩의 뼈대였던 철골의 흔적만 남아 그 자리가 과거의 화려함을 자랑하던 자리였다는 걸 말하고 있었다. 예전엔 초록빛이던 숲에는 타서 까맣게 변한 나무의 잔해들만 여기저기 널브러져 있었다.

어떤 지역은 끝없는 사막으로 변해 있었다. 한때 유유하게 흐르던 강물은 말라서 갈라져 있거나, 아예 흔적도 없이 사라지고 그 자리는 모래로 채워져 있었다. 바람이 불었다. 먼 곳에서부터 희뿌연 모래바람이 몰려왔다.

"안 되겠다. 오늘은 그만 가야겠어. 바람이 더 거세질 거야."

테라는 삐걱거리며 옆에서 걷던 볼츠를 안아 들었다. 볼츠의 다리는 테라가 철근과 철사를 임시방편으로 엮어 만들어 준 것이었다. 딱 맞지 않아 걸을 때마다 삐걱대는 소리가 났고 뒤뚱거렸지만, 다리를 찾으면 해결될 거라고 생각했다.

어느 날, C 지역에서 나오던 테라는 무언가 이상하다고 느꼈다. 황폐했던 숲의 모습이 아닌 것 같았다. 테라는 주변을 스캐닝해서 살펴보았다. 산소와 수분의 농도가 32%나 되었다. 테라는 좀 더 면밀한 조사를 위해 C 지역의 흙을 자기가 사는 곳으로 가져가기로 했다. 테라는 흙을 담을 만한 것이 있는지 주변을 둘러보았다. 볼츠가 어디서 발견했는지 녹슨 코펠을 물고 왔다. 오래전 캠핑을 왔던 지구인이 놓고 간 코펠일 것이다.

"잘했어, 볼츠."

테라는 볼츠의 머리를 쓰다듬어 주고, 볼츠가 물고 온 코펠에 흙을 담았다.

테라와 볼츠는 점차 함께 보내는 시간에 익숙해졌다. 둘은 볼츠의 다리를 찾기 위해 주변을 돌아다니거나 주변을 산책하거나, 흙을 관찰하거나, 음악을 들었다. 볼츠도 테라처럼 베토벤의 '월광소나타'를 좋아했다. '월광소나타'를 플레이하면 볼츠는 물끄러미 달을 바라보며 구슬픈 울음소리를 냈다.

"너도 너만 두고 달로 떠난 가족이 그립니?"

볼츠는 대답이라도 하는 것처럼 테라를 향해 몇 번 짓는 소리를 냈다.

"그래, 왜 안 그러겠니? 나도 단이가 보고 싶어."

둘은 '월광소나타'를 들으며 달을 바라보았다.


어느 날, 테라는 가져온 흙에서 무언가를 발견했다. 여느 날과 마찬가지로 일과를 끝내고 볼츠와 함께 '월광소나타'를 듣던 중이었다. 며칠 전에 처음 보았을 때는 단순히 착각일 거라고 생각했다. 그 후에도 몇 번 그런가 싶었지만, 가능성이 없었기에 외면했는데, 오늘은 좀 더 확실해 보였다. 테라는 코펠로 다가갔다. 그리고 눈동자에 장착된 줌 기능을 사용해 그것을 확대해 보았다. 테라는 데이터 처리 속도가 감당할 수 없을 만큼 빨라지는 것을 느꼈다. 그것은 아주 작게 고개를 내밀기 시작한 초록의 생명체였다. 이건 단순한 생명이 아니었다. 새로운 시작이었다.

'어쩌면 단이를 다시 만날 수 있을지도 몰라.'

테라의 몸에 흐르는 전류가 예상치 못한 방식으로 빠르게 흐르기 시작했다. 데이터베이스에 없는 감각이었다.

'이런 게 인간들이 말하는 '기쁨'이나 '설렘'일까?'

테라는 싹을 틔운 코펠을 달을 향해 들어 올렸다. 유난히 달이 밝았다.

'단아, 이거 보여? 어쩌면 네가 지구로 돌아올 날이 생각보다 빠를지도 모르겠어. 그때까지 내가 지구를 지키고 있을게. 이 생명체를 잘 돌볼게. 그게 네가 나에게 지구를 뜻하는 테라라는 이름을 붙여 준 걸 테니까.'

테라는 지구에 생명체가 생겼다는 걸 달에 전하기 위해 데이터를 서치하며 가능한 모든 방법을 탐색했다. 낡고 녹슬긴 했지만, 예전에 쓰던 통신 장치가 아직 작동될지도 몰랐다. 어쩌면 달에 있는 단이도 자신을 기억하며 지구를 떠올리고 있을지 모른다는 생각이 들었다. 테라의 생각을 안다는 듯 옆에 있는 볼츠도 달을 향해 짖었다.

## 서빈

극작가 겸 연출가, 영화감독
2021년 의정부음악축제 창작음악극공모 선정, 쇼케이스 지원
2023년 제21회 김천국제가족연극제 작품상 수상

# 똑같은 빨강은 없다

김혁

　파랑을 절대 가치로 여기고 떠받드는 이상한 나라가 있었다. 그 나라 사람들은 파랑이야말로 세상을 떠받드는 진리의 핵심이라고 생각했다. 아니, 그렇게 믿도록 강요당했다. 나중에는 믿음이 지나쳐서 그 어떤 종교보다도 강력한 힘을 발휘했다. 그것을 상징하는 존재가 파랑새였다.

　"저 하늘을 보라! 하늘이 파란 것이야말로 파랑이 진리라는 확실한 증거다! 그러니까 파랑을 중심으로 더욱 뭉치고 힘을 합쳐서, 미래를 향해 힘차게 나아가자!"

　젊은이들을 중심으로 지나친 억압에 반발하려는 움직임이 나타나거나, 믿음이 약해질 기미가 보일 때마다, 지도자들은 이렇게 외쳤다.

　그 나라 사람들은 심각한 집단적 트라우마로 인해, 파랑과 빨강 두 가지 색깔 대역만 볼 수 있도록 강요당했다. 중간색은 존재할 수 없었다. 그 결과, 거무스레하고 칙칙하거나 조금만 푸르스름해도 다 파랗게 보였고, 오렌지 빛깔처럼 밝거나 조금만 불그스레해도 다 빨갛게 보였다.

당연히 빨강은 증오와 저주의 색깔이었다. 그 나라 사람들은 빨강이야말로 악의 원천이자 중심이라고 생각했다. 아니. 그렇게 믿도록 강요당했다. 나중에는 믿음이 지나쳐서 그 어떤 종교보다도 강력한 힘을 발휘했다. 그것을 상징하는 이름이 '빨강이'였다.

"빨강은 죄악이다! 그리고 우리 모두가 쳐부숴야 할 원수다! 한 점 불씨가 집안은 물론이고 천하를 모두 태울 수도 있으니, 자나 깨나 불조심하라!"

젊은이들을 중심으로 빨강색을 동경하는 움직임이 조금이라도 나타나거나, 국가에 무슨 커다란 재앙이 생길 때마다, 지도자들은 이렇게 외치곤 했다.


빨강이라면 무턱대고 증오하고 악으로 여기는 그 나라에서, 아주 품질 좋은 빨강 염료를 대대로 만들어 팔아 온 장인 가문이 있었다. 다른 크고 작은 가문에서도 염료를 들었지만 별 볼 일이 없었고, 오로지 그 장인가문에서 만든 빨강 염료만 크게 인기를 끌었다.

그들은 그걸 팔아서 떼돈을 벌고, 떵떵거리며 명문가 행세를 하였다. 그리고 명문가답게 빨강 식별에 관한 한 타의 추종을 불허했다. 마치 개나 늑대가 인간보다 냄새를 수십 배나 더 잘 맡듯이, 남들은 잘 느끼지 못하는 아주 미세한 결의 차이까지도 섬세하게 포착하고 감별한 뒤, 이를 바탕으로 상상을 뛰어넘는 다양한 제품을 만들어 냈다.

그들이 집안 대대로 내려오는 비법에 따라 빛깔의 명도와 세기, 그리고 색감의 강약에 따라 분류해 놓은 빨강의 10단계는 다음과 같았다.

R-10 : 사악할 정도로 아주 강하고 센 빨강 (일명 악빨)

R-09 : R-10보다 약간 덜한 빨강

R-08 : 보통보다는 조금 더 강하고 센 빨강 (일명 조빨)

R-07 : R-08보다 약간 덜한 빨강

R-06 : 보통 정도로 평범하고 부드러운 빨강 (일명 보빨)

R-05 : R-06보다 약간 덜한 빨강

R-04 : 시시할 정도로 나약하고 비겁한 빨강 (일명 시빨)

R-03 : R-04보다 약간 덜한 빨강

R-02 : 미친개처럼 이곳저곳을 껄떡대는 빨강 (일명 개빨)

R-01 : R-02보다 약간 덜한 빨강

이런 치밀한 감식안과 탐구력, 그리고 끈질긴 장인정신으로 만들어 낸 빨강 염료의 품질은 단연 최고였다. 한번 바르면 여간해서는 지워지지 않아서 더욱 성가가 높았다. 보기만해도 영혼 밑바닥까지 으스스하게 소름이 돋았다. 또한, 이유 여하를 막론하고 상대를 공공의 적으로 만들어 버리는 막강한 힘을 지니고 있었기 때문에, 누구나 궁지에 몰리면 비단 주머니처럼 사용하고픈 유혹과 충동을 느끼게 하기에 충분했다.

특히 권력을 잡은 자들은 대대로 이 염료를 너무나 좋아했다. 통치 기간 내내 은밀하게, 혹은 공개적으로 비싼 값을 치르고 대량으로 사들였다. 쓰임새도 많고, 효과도 확실한 때문이었다. (호시탐탐 자신들의 자리를 노리는 반대 세력들을 매장하기 위한 도구로는 아주 그만이었다!)

파랑을 절대 가치로 여기고 떠받드는 나라 사람들에게는 한 가지 괴이한 풍습이 있었다. 대략 10년을 주기로, 공공질서와 풍속을 어지럽힌다고 의심받는 상대에게 (주로 뛰어나게 잘났거나, 지나치게 튀거나, 부정부패를 강하게 비판하는 사람들이었다!) 빨강 물감을 R-10에서 R-01번까지 세심하게 분류해서 뿌려 대면서 함께 진저리를 치고 벌벌 떨다가, 눈을

까뒤집고 집단적으로 경기를 일으키는 일명 '빨강 축제'였다.

축제가 끝난 뒤에는, 빨강 물감을 뒤집어쓴 사람들의 재산과 지위를 몽땅 빼앗아 골고루 나누어 가졌다. 축제를 가장한 교활하고 음험한 집단적 약탈이었는데, 그 재미가 제법 쏠쏠했다. 아니, 너무나 달콤하고 고소했다. 그러다 보니 그 나라 사람들 모두가 은근히 '빨강 축제'를 즐기고 기다리게 되었다.

사람들은 평소 막강한 영향력을 행사하는 빨강 염료 가문이 (그들은 어느덧 나라의 주인 행세를 하기에 이르렀다!) 노골적인 선전과 회유, 그리고 교묘한 세뇌 공작을 통해 만들어 내는 질서, 즉 10가지 분류법의 테두리에서 벗어날 수 없었다. 그것은 이제 누구나 태어나면서부터 배우고 익혀야 하는 최고의 진리가 되었다.

그리고 빨강 물감을 뒤집어쓴 사람들을 백안시하며, 그들로부터 가능한 한 멀리 떨어지려고 노력했다. 그들이 혹여 억울하게 누명을 썼는지 따위는 아예 묻지도 따지지도 않았다. 한번 물감을 뒤집어쓰면 다시는 명예를 회복하기 어렵고, 그들과 가까이 했다가는 똑같은 신세가 된다는 걸 너무나 잘 알기 때문이었다.

어느덧 그 나라 사람들 대다수가 지독한 색맹이 되어, 사물의 색깔을 제대로 분별하지 못했다. 처음에는 강요에 못 이겨 그리 되었지만, 나중에는 자발적으로 퇴행을 하기에 이르렀다. 그리고 서로가 서로를 감시하는 분위기가 마음속에 깊이 자리 잡았다. (살아남기 위한 눈물겨운 본능이자 처절한 처세술이었다!)

이런 축제가 생겨난 배경에는 아주 가슴 아픈 역사가 있었다. 오래전에, 빨강을 절대 가치로 여기고 떠받드는 이웃 나라가 쳐들어온 적이 있었다. (원래 두 나라는, 빨강과 파랑이 한데 어우러져 행복하게 살던 한 나라였는데, 주변에 살고 있는 못된 무리들의 요상한 주문과 꾐에 빠져서 그만 둘로 나뉘어 원수처럼 지내게 된 것이었다!)

전쟁은 너무나 참혹했다. 서로 죽고 죽이는 와중에 빨강과 파랑 모두를 사랑하고 지지하던 많은 사람들이 양쪽으로부터 공격을 받고 비참하게 죽어 나갔다. 전쟁이 끝난 후, 중간층은 설 자리를 잃고 파랑을 일방적으로 추종하는 세력만 살아남았다. 이런 일을 겪은 뒤에, 자연히 빨강을 증오하고 미워하면서 생긴 자학적인 풍습이 바로 '빨강 축제'였다.

하지만 모두가 그런 것은 아니었다. 오래전부터 양심적이고 용감한 사람들을 중심으로, 빨강과 파랑이 함께 어울려 사이좋게 살자는 움직임이 끊임없이 일어났다. 그럴 때마다 권력자들은 무자비하게 탄압하며 싹을 잘랐다. 잘못된 일이 생기면 무조건 그들 탓으로 돌리고, 수시로 자신들이 저지른 잘못마저 억지로 죄를 뒤집어씌우기까지 했다.

아무리 무자비하게 탄압해도 화해와 평화를 염원하는 사람들의 움직임은 사라지지 않고 줄기차게 이어졌다. 그들이 흘린 피가 한 방울 두 방울 쌓이고, 그곳에서 각양각색의 아름다운 꽃들이 계속 피어나면서, 색맹적인 사고에 길들었던 사람들에게도 많은 변화가 일어났다. 권력자들도 예전처럼 더 이상 힘으로만 사회를 유지하기가 어려웠다.

특히 빨강 염료 장인가문에서 만든 10단계 분류법은 이제 더 이상 예전과 같은 권위를 인정받지 못했다. 오히려 사람들은 오랜 기간에 걸친 장인가문의 권세와 독점적 지위에 염증을 느끼고 등을 돌리기 시작했다. 무엇보다도 가문의 이익을 지키기 위해서라면 온 국민의 파멸도 불사하는 그들의 추악한 행태에 분개하며 극렬하게 저항했다.

그럴수록 장인가문은 크고 작은 '빨강 축제'를 수시로 개최하면서 사람들의 환심을 사려고 애를 썼다. 그리고 자신들이 가진 홍보 방법을 총동원하여 '똑같은 빨강은 없다!'고 대대적으로 외치며, 10단계 분류를 더욱 강조하는 등 최후의 발악을 했다. 하지만 늘 잠들어 있는 소수의 늙은이들에게만 환호를 받을 뿐, 세상의 진실에 대해 새롭게 눈을 뜬 대다수 사람들에게는 아무 소용이 없었다.

그러던 어느 날, 역사와 전통을 자랑하던 빨강 염료 장인 가문은 드디어 파산을 선언하고 문을 닫았다. 그토록 성행하던 '빨강 축제'도 이제 파리만 날리고, 염료를 찾는 사람들도 갈수록 눈에 띄게 줄어들었던 것이다. 파산 이후, 장인가문의 충격적인 비밀이 만천하에 폭로되었다. 그토록 품질 좋은 빨강 염료의 원료가 바로 선량하고 무고한 시민들의 피였던 것이다! 최고의 영업 비밀도 밝혀졌는데, 그건 다름이 아니라 빨강을 절대 가치로 여기고 떠받드는 이웃 나라의 눈에 보이지 않는 성원과 지지였다.

* 제목은 김경서의 미술에 대한 탁월한 인문학 해설서인 〈똑같은 빨강은 없다〉에서 따왔음.

**김혁**

1983년《한국일보》신춘문예에 단편 소설 「길고 긴 노래」로 등단
장편 소설 『장미와 들쥐』『지독한 사랑』『누가 울어』 외

# 바퀴벌레와 하루살이

김의규

그는 갑자기 재채기를 했고 그의 침방울은 굴 속 멀리까지 튀었는데 언제부터인지 어둠에 숨어 있던 목마른 바퀴벌레는 먼 뒷날에 사람이 되었을 것이다. 하느님이 찰스 다윈의 『진화론』을 재미있게 읽다가 낮잠에 들자 바람이 누런 흙먼지를 날리는 어느 봄날, 비탈에 핀 꽃은 서서히 시들어 가며 오래 매달려 있었고 하루라도 더 살겠다는 하루살이는 다음 날 보이지 않았다.

350만 년 동안 동굴에 있던 그가 하품을 하며 밖으로 걸어 나와 눈을 비비고 둘레를 살피는데 마른 꽃 하나가 힘없이 발치에 떨어졌다. 한 떼의 잔나비 무리가 엉거주춤한 꼴로 울타리 속에 갇혀 있었고 그 옆 울타리에는 코끼리 한 마리가 졸린 눈을 가끔씩 껌벅이며 먼 데를 흘기는 요즈음이다.

현수는 왠지 싸구려 생맥주집엘 가고 싶었다. 여름이 부쩍 다가와 날은 덥고 목이 마른 탓도 있었지만 딱히 그 까닭만은 아니란 것을 그는 알고 있었으나 그렇다고 그것이 꼭 무엇 때문인지는 아슴하기만 했다. 어쩐지 가난하고 내세울 변변한 것이 없는 사람들 틈에 섞이고 싶은 마음이었고 그렇게 함으로써 빚을 조금이나마 갚는 것이란 생각이 들어서였다. 하지만 누구에게 어떤 빚을 졌는지 알 수 없는 채로 발걸음은 골목길로 스며들었다. 발은 때로 머리를 앞서는데 생각과 마음 중 무엇이 더 먼저인지를 따지다가 속이 더워져 서둘러 가까운 곳의 생맥주집에 들어섰다.

마른 오징어와 먹태의 비릿하고 구수한 냄새 그리고 곳곳의 말소리가 뒤섞이니 엉터리 솜씨로 함부로 말아 준 비빔국수란 생각이 들었다. 생맥주와 골뱅이무침을 시키고 심심풀이 안주로 가져다준 튀밥을 입에 털어 넣으며 되새김질하는 소처럼 우물거렸다. 현수는 그러는 제가 이 가게에 어울리는 짓을 잘 하고 있다는 생각에 마음이 느긋해졌다. 누구도 저를 눈여겨보지 않는 것이 또한 좋았다. 높은 자리에 앉은 이들은 그런 사람들끼리만 가는 곳엘 가며, 또 낮은 사람들은 저희들만 가는 곳이 따로 있었다. 높은 자리로 오른 이들은 낮은 자리가 싫어서였고, 낮은 곳에 머무는 사람들은 그

자리가 지키고 숨기며 가릴 바가 없는 것이 즐거웠기 때문일 것이라는 생각에 현수는 고개를 끄덕였다. 그러는 모습을 늙은 바퀴벌레가 어둠의 틈에서 처음부터 지켜보고 있는 것을 아무도 몰랐다.

밤이 깊어지며 술손님들이 하나둘 자리를 떠나 조금 기우뚱한 꼴로 밖으로 나갔고 부엌에 들어간 여주인은 귀에 거슬리게 소리를 내며 설거지를 했다. 그 소리에 늙은 바퀴벌레가 매운 눈초리로 부엌께를 쏘아보자 제법 얼굴이 달아오른 현수의 입가에 흐린 웃음이 번졌다.

「이봐, 사람아. 이런 일이 처음은 아니지?」

바퀴벌레의 느닷없는 물음에 흠칫 놀란 현수는 느리게 고개를 주억거리며 지난 일들을 더듬었다.

물을 건너면 잊히는 배, 다시 돌아갈 때까지 물가에서 기다려 준 작고 낡은 조각배. 그 배는 그들이었고 배를 탄 사람은 저였음을 알게 된 현수는 콧등이 시큰해짐을 느꼈다. 뭇사람들의 두려움을 밟고 그들을 조아리게 하는 일, 그들의 잘못을 따지며 우쭐거렸음이 부끄러웠다. 서둘러 자리에서 일어나 술값을 치르고 나온 뒤에야 잘 먹었다는 말 한마디도 못 한 제 꼴이 참 싸구려라는 것을 깨달았다. 하지만 그것이 어쩐지 싫지만 않은 것은 비로소 저도 높은 자리에서 내려와 낮은 곳에 섰다는 생각이 들었기 때문이었다.

골목 불빛 가를 맴돌던 하루살이 한 마리가 힘없이 떨어지며 중얼거렸다.

「아, 오늘도 하루를 참 잘 살았다.」

그 소리를 들은 현수가 고개를 갸우뚱하며 생각했다. 오늘도라니? 그러면 다음 날도 살고 또 그 다음 날도 산다는 것인가? 그 낌새를 눈치챈 하루살이가 가는 목소리로 말했다.

「그렇게 오래 살고서도 모르다니. 처음이라고 생각하니 그때문에 다음이 따라오는 것을 왜 모를까…….」

캄캄한 하늘에 별찌 하나가 흰 금을 그으며 날아갔다.

술집들이 드문드문한 골목을 빠져나와 큰길로 들어서니 예약표시등을 켠 심야택시들만 많이 보였다. 곧 심야할증 시간이 가깝다는 뜻이다. 택시를 잡으려는 사람들이 곳곳에서 손을 흔들어 댄다. 모두들 술자리를 조금 더 일찍 서두르지 않은 것을 아쉬워할 것이다. 사람의 한 삶이 어쩌면 그와 다르지 않다는 생각이 들자 현수는 지나 온 제 삶도 늘 그러했음을 문득 알았다. 아등바등 살며 갖게 된 아들과 딸이 모두 저희 짝을 만나고 아이를 낳은 뒤로 갑자기 온몸에 힘이 풀리고 하루가 다르게 늙어지는 얼굴을 어느 날 아침에 거울을 보고 알았다.

하루살이는 애벌레로 물속에서 1~3년을 살다가 물 밖으로 나오며 엄지벌레가 되어 1~3일을 사는 중 그의 가장 큰 일인 짝짓기를 마치고 아쉬움 없이 조용히 죽는다. 모든 날벌레의 한살이가 그렇고 또 뭇짐승들이 그러하다. 늦은 밤 숨을 몰아쉬며 겨우 택시를 잡아타고 집으로 돌아가는 사람도 그것과 다르지 않다는 생각이 들었다. 현수는 그들과 달리 집까지 그냥 걸어가기로 하는데 주머니 속에서 휴대전화가 울렸다. '왜 아직 안 와?' 집사람의 문자 알림이었다. 택시를 잡아야 했다.

하느님이 찰스 다윈의 『진화론』을 다 읽으셨는지 책을 덮는 소리가 났다.

**김의규**

시인, 화가. 2022년 제5회 윤동주 신인상 수상
하이브리드 시화집 『그러니까 아프지마』 『그녀의 꽃』 『양들의 낙원 늑대 벌판 한가운데 있다』, 철학동화집 『돌이 나르샤』 외

# 사인암(舍人巖) - 길 잃은 사람들

윤신숙

　단양 사인암 답사 후 잠잘 때마다 내 머리에서 작은 돌기둥들이 자꾸자꾸 치솟아 올랐다. 무슨 사인(sign)이었을까? 그런 일이 반복적으로 일어난 후 나는 미술가협회와 계약한 설산 관련 영상물 제작을 미루고 사인암 프로젝트를 서둘렀다. 사인암 조형물을 종로 번화가 광장에 5m 높이로 설치하고, 24시간 영상을 볼 수 있게 빔프로젝터와 스크린도 달았다. 가끔 연극도 공연할 수 있는 무대도 꾸몄다. 현대 미술가들이 계절마다 새로운 디자인으로 사인암의 이미지를 변신시켜 빌딩 숲속 포근한 보금자리 같은 랜드마크가 되었다. 누구나 연주할 수 있는 피아노도 세 대나 자리 잡았다.

　오가던 사람이 연주한 곡이 광장을 울렸다.

　'♪ 그대여 아무 걱정하지 말아요~~~~'

노래 가사는 위로처럼 들리지만 날마다 스크린 영상에 뜨는 자막은 길 잃은 사람들을 찾는 안내문이다. 스크린의 메인 주제는 다양했으나 오른쪽 귀퉁이에는 실종자들을 찾는 자막이 24시간 돌아가며 반복해서 뜬다.

[경기남부경찰청] 부천시에서 실종된 이순*(여 78세)를 찾습니다. 160cm, 50kg, 검정 모자, 베이지색 코트, 검정 바지 vo.la/1X06h/☎182

[서울경찰청] 양천구에서 배회 중인 서금*(여, 56세)를 찾습니다. 162cm, 90kg, 원피스, 분홍색 신발, 붉은색 백팩, vo.la/moXpk/☎182

[서울경찰청] 마포구에서 배회 중인 고*영(여, 14세)를 찾습니다. 165cm, 핑크색 점퍼, 회색 트레이닝, 크록스 신발, 검정 크로스백, vo.la/wSJow/☎182

[서울경찰청] 양천구에서 실종된 김소*(여, 48세)를 찾습니다. 165cm, 빨간색 롱패딩, 검정 바지, 검정 운동화, 검정

모자, vo.la/XALYm/☎182

[서울경찰청] 영등포구에서 배회 중인 김*이(여, 78세)를 찾습니다. 153cm, 백발 짧은 파마, 체크 남방, 청색 바지, 회색 운동화, vo.la/jCnbp/☎182

실종자 안내 자막은 계속 이어진다.

[서울경찰청] 부천시에서 실종되었다가 양천구 CCTV에서 목격된 김*섭 씨(남, 71세)를 찾습니다. 160cm, 보라색 긴 남방, 검정 반바지, 검정 모자, 파란 비닐 봉투, vo.la/kpzxjO/☎112

[서울경찰청] 구로구 주민인 이*월씨(여, 30세)를 찾습니다. 168cm, 남색 잠바, 줄무늬 잠옷 바지, 크록스 신발, '임산부'로 배가 많이 나옴. vo.la/uQsvBt☎182

젊은이들은 휴대전화를 보며 무심히 오가고, 노인들은 사인암 벤치에 앉아 자막을 보고 또 본다. 어떤 노인은 자기가 그 자막의 주인공인 것도 모른 채 혀를 차며 안타까워한다.

길 잃은 사람보다 길 잃은 사람들의 가족은 막막할 뿐이다.


실종자 가족들은 집단으로 같은 꿈을 꾸었다. 어디인지 모를 들판에 대관람차가 조금 빠르게 돌아갔다. 대관람차를 탄 사람들은 모두 실종자들. 그들을 본 가족들은 찾았다며 환호했는데 그들은 눈길도 안 주고 알 수 없는 허공을 향해 웃으며 손짓했다. 꿈에서 깨어난 가족들은 허탈했으나 그들이 함께 대관람차를 타고 놀이하는 모습에 그나마 안도했다.


스크린 중앙에 메인 뉴스가 떴다. 어느 기자의 고인에 대한 회고 기사이다.


송길용 씨(71세)는 25년 전 어느 날 갑자기 딸(1981년생)을 잃어버린 아버지였다. 행방을 알 수 없는 실종. 그래도 아버지는 마지막 희망을 버리지 않았다. 딸의 사진과 함께 '실종된 송혜희 좀 찾아 주세요!!'라는 현수막을 전국에 걸고 다녔다. 당신에게 10만 원이 있다면 뭘 하겠는가. 4년 전 만난 송 씨는 "나한테 10만 원은 현수막 4장, 또는 전단 4,000장과 같다."고 했다. 송 씨가 지난 8월 26일 평택에서 교통사고로 눈을 감았다. 현수막을 걸러 가는 길이었다고 한다.


구름 내려와 포근한 이불이 되어 준다 한들
꿈길은 눈바다[雪海]인 듯 드넓게 펼쳐진다 한들
길 잃은 사람들 영혼은 어디에?
사인암은 무심코 새로운 영상으로 세계를 향해 뻗어 나갈 뿐!

**윤신숙**

2007년 《한국산문》 「클래식 기타와의 여행」으로 등단
2020년 양천문학상 수상, 극단 '날좀보소' 단원
무크지 《미니픽션》에 「가현리 754-1」 「혼란」 「유빙」 등 발표

# 선구자 영노블

이성우

'영노블(본명 노불), 그는 한때 늙지 않는 남자로 불렸던 사람이다. 그는 시간의 상대성을 지구 수준에서 몸소 보여 주기 위해 자신의 삶을 희생한 위대한 지구인으로 기록되어 있다. 우리는 그 이름을 영원히 기억해야 할 것이다.'

책장은 덮은 영노블은 조용히 눈을 감았다. 눈앞에 보이는 모든 것이 희미했다. 흘러내린 촛농처럼 주름진 얼굴에는 생기가 조금도 남아 있지 않았다. 영노블은 마지막 순간이 다가온 것을 느꼈다. 정말 바쁘고 빠르게 달려온 삶이었다. 남보다 1분 1초를 더 살기 위해 노력해 보아도 끝은 피할 수 없는 것이다. 영노블은 끝이 있어 시작이 설레고 아름답다는 것을 비로소 느낄 수 있었다. 그는 어린 영노블이라는 로켓을 점화시켜 버린 불꽃의 때를 떠올렸다. 무더운 여름, 매미들의 합창이 졸음을 불러오던 그 교실의 오후 첫 수업이 모든 것의 시작이었다.

"여러분, 이 세상에서 제일 빠른 게 뭘까요?"

나이에 비해 겉늙어 보이고 인기 없기로 소문난 물리 선생, 물광나리의 질문에 무심코 영노블이 대답했다.

"제 생각에는 흘러가 버린 시간인 것 같아요. 지나고 나면 그것만큼 빨리 가버린 게 없는 것 같다는….”

"노불이 오랜만에 아주 좋은 대답입니다. 노불이 상점 1점 추가! 오늘의 주제도 시간입니다. 알려진 것 중에 제일 빠른 게 빛이죠. 속도와 시간, 어떤 관계가 있을까요?"

그날 수업의 핵심은 시간은 우리가 빠르게 달릴수록, 중력이 클수록 느리게 흐른다는 시간의 상대성에 대한 것이었다. 영노블은 그때의 전율을 지금도 온몸으로 기억하고 있다. 하지만 어린 노불이 느꼈던 전율은 엉뚱하게도 물리라는 학문보다는 속도에 대한 집착으로 나타났다. 그날 이후 노불은 모든 일을 빠르게 처리했다. 움직일 때도 가능한 최고의 속도를 유지하고자 했다. 느긋하게 걷는 일은 상상할 수 없었다. 걷기보다는 뛰고, 될 수 있으면 차를 탔다. 고속철도로 도시를 왕복하고, 기회가 있을 때마다 비행기를 탔다. 날 때부터 약골이었지만 빠르게 움직인 덕인지 그는 그토록 원했던 공군사관학교에 입학할 수 있었다. 노불은 음속을 넘어서 달릴 수 있다는 기대로 잠을 이루지 못했다.

　쉬지 않는 노력파인 노불은 공군 최고의 조종사가 되었다. 공군에서 노불의 비행시간은 누구와도 견줄 수 없을 만큼 많았지만, 그는 결코 만족할 수 없었다. 더 빠르고 더 오랫동안 날고 싶은 욕망이 그를 사로잡았다. 전투기를 뛰어넘는 속도는 지구상에 존재하지 않았다. 노불은 우주로 가야만 한다고 생각했다. 마침 세계는 민간우주여행의 시대를 열기 위한 준비가 시작되고 있었다. 노불은 그날로 군을 나와 민간우주비행사 선발 시험에 응시했다. 많은 응시자 중 노불보다 뛰어난 사람은 없었다. 노불은 그렇게 세계 최초의 민간우주비행사가 되었다. 미지에 대한 개척정신을 높이 산 사람들은 그때부터 그를 영노블이라고 부르기 시작했다. 노불의 시대가 가고 화려한 영노블의 시대가 열린 것이다.

　2026년 02월 22일, 영노블은 첫 민간달탐사우주선에 몸을 싣고 발사의 순간을 기다리고 있었다. 시간이 흐른다. 째깍, 째깍, 째깍, 드디어 시작된 카운트다운. 제로의 순간 우주선이 힘차게 하늘로 솟구쳤다. 영노블은 자신을 잡아끄는 무엇이 지구의 중력이 아니라 시간이라는 것을 느꼈다. 로켓에 속도가 붙을수록 시간은 힘을 잃어 가는 듯했다. 빠르게 움직일수록 시간은 느리게 흐른다. 지구의 중력을 벗어나는 몇

분의 시간이 영원처럼 느껴졌다. 대기권을 벗어나면 영노블이 탄 우주선은 마하30의 속도로 달에 접근하게 된다. 이는 인간이 여행한 가장 빠른 속도로 기록될 것이었다.

달 여행을 마치고 돌아온 영노블은 전 지구적 유명인사가 되었다. 수많은 강연 요청과 방송 출연, 광고가 그를 기다리고 있었다. 영노블은 단기간에 엄청난 부자가 되었다. 아마, 지구 역사상 가장 빨리 부자가 된 사람 중 하나일 것이다. 하지만 속도에 대한 영노블의 갈증은 전혀 해소되지 않았다. 영노블은 엄청난 자신의 부를 이용할 때가 되었음을 깨달았다. 지구에서 가장 빠르게 움직인 남자, 지구에서 시간의 영향을 가장 적게 받으며 산 남자가 되고 싶었다. 영노블은 빠르게 계획을 세웠다. 계획대로 된다면 남은 생은 음속 이상의 속도를 유지하며 살 수 있을 것이었다. 영노블은 1,000km에 달하는 하이퍼루프를 건설했다. 물론 준비 기간에도 그는 대부분의 시간을 고속철도에서 보냈다.

마침내 모든 준비가 끝나고 드디어 죽음에 이를 때까지 끝나지 않는 여행이 시작되었다. 하이퍼루프에서 보내는 영노블의 일상은 실시간으로 생중계되었다. 속도의 효과인지 영노블은 10년 후에도 20년 후에도 거의 늙지 않고 젊어 보이는 외모를 유지하고 있었다.

"올해로 시간의 상대성 실험을 한 지 50년이 되어 갑니다. 오늘은 영노블 선생님을 직접 연결해서 인터뷰를 진행해 보도록 하겠습니다. 연결합니다. 영노블 선생님! 영노블 선생님 나와 주세요."

"네, 네. 영노블입니다. 오랜만입니다."

"영노블 선생님 반갑습니다. 그동안 선생님의 일상이 매일 공개되다가 한 일 년은 전혀 연결이 안 되고 있었는데요. 많은 사람들이 궁금해합니다."

"네, 특별한 이유는 없고요. 그동안 객차를 교체했습니다. 49년을 살던 집에서 새집으로 이사를 했지요. 음속을 유지한 상태에서 다른 객차로 옮겨 가는 게 여간 어려운 일이 아니더라고요."

"사람들은 방송이 없는 동안 선생님께서 돌아가셨다, 젊어 보이게 성형을 했다, 말들이 많았는데요. 조작 방송이다, 이런 이야기인데요. 어떻게 생각하십니까?"

"올해 제 나이가 99세입니다. 아흔아홉으로 보이시나요. 그리고 성형은 상상도 힘든데요. 어쨌든 사람들은 자신이 믿고 싶은 대로 믿지 않습니까?"

"네, 알겠습니다. 해명을 해도 안 믿을 사람은 안 믿고 믿을 사람을 믿고…, 자! 그럼 언제까지 도전을 이어 가실 생각이

신가요? 아직 50대처럼 젊어 보이시는데 이제 그만 초음속의 삶에서 내려오실 생각은 없으신가요?"

"그렇지 않아도 그것 때문에 이번에 인터뷰를 하게 된 겁니다. 이제 그만하자. 그만하겠다. 남은 삶은 그냥 좀 느리게 살다가 가겠다, 이런 말씀을 드리고 싶습니다. 올 연말 12월 22일 22시에 영노블역에서 기차를 멈출 것입니다. 저도 지쳤습니다. 초음속의 삶은 빠르지만 그렇게 더디게 갈 수가 없더군요."

12월의 어느 늦은 밤. 기이잉, 덜컥. 기차가 영노블역에 멈춰 섰다. 전 세계에서 달려온 수많은 기자와 방송인들이 역사로 몰려왔다. 마침내 객차의 문이 열리고 50년 넘게 초음속으로 달려온 영노블이 내려섰다. 영노블은 지쳐 보였지만 아흔아홉이라는 나이가 믿기지 않을 만큼 젊고 싱싱해 보였다. 취재진의 열기에도 역사를 둘러싼 공기는 황량하고 차가웠다.

영노블은 역사의 소란이 성가시게 느껴졌다. 사람들과 단절된 삶을 살아온 탓이리라 애써 변명해 보았지만 위로가 되지 못했다. 역사를 가득 메운 사람들은 모두 낯선 사람들이었다. 아는 사람은 아무도 없었다. 영노블은 쓸쓸히 고개를 들어 하늘을 올려다보았다. 세월과 함께 영노블이 알던 사람들도 모두 사라져 버린 것이다. 눈물이 흘렀다. 순간 긴 그림자 하나가 영노블의 망막 속으로 번져 왔다. 저 멀리 한 여자가 불빛 속으로 걸어가고 있었다. 뒷모습뿐이었지만 영노블은 그녀가 누구인지 정확히 알 수 있었다. 빅토리아였다. 빠르게 타올랐던 열정만큼 빠르게 지나가 버린 영노블의 첫사랑. 초읍속의 삶이 허무하게 느껴졌다. 영노블은 온몸이 따끔거렸다. 사람들에게서 벗어나고 싶었다. 영노블은 취재진에게 마지막 메시지를 전했다.

"시간은 조금도 쉬지 않습니다. 가만히 서 있어도 시간이 흐르고, 기차를 타도 시간은 흐리고, 비행기를 타도 시간이 흐릅니다. 가만히 있으면 시간은 째깍 째깍 째깍 빠르게 흐릅니다. 우리가 빠르게 달리면 시간은 째애깍 째애깍 느리게 흐르지요. 빠르게 움직일수록 시간은 느리게 흘러간다고 해요. 맞아요. 하지만 이상하지요. 내 마음속에 있는 시계는 빠르게 움직일수록 빠르게 흐르고, 가만히 있으면 그렇게 느릴 수가 없어요. 결국 내가 느끼는 삶의 길이는 어떻게 해도 똑같다는 것입니다."

인터뷰를 마치고 돌아서는 영노블의 손에 조금씩 주름이 잡히기 시작했다. 1년 후 카메라에 잡힌 영노블의 모습은 충

격적이었다. 50년을 소급해서 늙은 듯 흘러내린 그의 얼굴에
는 죽음의 그림자가 짙게 덮여 있었다. 아마 늙는 속도로도
기록을 세울 모양이었다. 이른 아침에 전해진 책 한 권이 영
노블의 손에 여전히 쥐어져 있었다.

'가장 빨리, 오래 달린 사나이'

영노블은 책 표지를 쓰다듬으며 조금 전 아침뉴스를 떠올
렸다.

'여러분은 영노블이라는 이름을 모두 기억하실 겁니다. 가
장 빠른 속도로, 가장 오래 여행을 한 사나이, 그런데 얼마 전
영노블이 가지고 있던 이 기록에 대한 도전이 시작되었다고
합니다. 나로도에서 발사된 명왕성탐사 유인우주선이 그 주
인공인데요. 우주선은 지금 현재 시속 50만 킬로의 속도로
명왕성을 향해 비행하고 있다고 합니다. 그들의 여행은 돌아
올 수 없는 편도 여행이 될 것입니다. 앵커는 목숨을 건 그들
의 도전을 응원합니다.'

## 이성우

미니픽션 신인상, 제2회 부엉이 철학 동화상 수상
동화 『선글라스를 낀 개구리』 『모음이 이야기』, 그림책 『여우의 꿈』,
미니픽션 「모피상인」 「슈퍼바이러스 안운학」 외

# 제6회 신인상 심사평

심사위원 이하언(소설가), 김정묘(소설가, 시인)

2004년에 결성되어 미니픽션이라는 새로운 문학 장르를 개척한 한국미니픽션작가회는 미니픽션 저변 확대를 위해 연간지 '미니픽션'을 창간했고, 신인상을 통해 우수한 작가를 발굴하여 미니픽션 발전에 이바지하고 있다.

그동안 '미니픽션'을 통해 많은 신인이 배출되었는데 근래 관심이 높아지면서 미니픽션 작가가 되길 원하는 문청들이 부쩍 늘어나는 추세이다. 이를 증명하듯 올해 신인상 공모에는 214편의 작품들이 들어왔다. 예년에 비해 응모작도 늘었고 특히 젊은 연령층의 응모작이 많아 미니픽션 문학의 밝은 미래를 보는 듯 고무적이었다.

하지만 안타깝게도 늘어난 작품 수와 작품 수준은 비례하지 않는 것 같다. 미니픽션은 짧기에 그만큼 더 많은 사유가 담겨야 하고 함축적인 언어가 필요하다. 그런데 적은 원고지

매수로 쓸 수 있는 문학 장르라는 장점에만 치중하여 너무 쉽게 접근한 게 아닌가, 염려되는 작품들이 많았다.

문학을 인간의 사상이나 감정을 언어로 표현한 예술이라 고들 한다. 사상과 감정은 인간에 대한 깊은 성찰과 고뇌가 바탕이 되어야 한다. 그런데 자기의 것으로 체화시키지 못한 흔한 이야기, 삶에 관해 지나치게 가벼운 접근, 미니픽션에 대한 개념 정립이 부족하거나, 형상화가 부족해 설익은 것처 럼 느껴지는 작품, AI를 이용한 것처럼 보이는 작품들도 상 당수 있었다.

응모작 중에는 엽기적이고 가학적인 소재를 끌고 온 작품 들도 다수 눈에 뜨였다. 작가의 무한한 상상력에는 갈채를 보내지만 지나치게 흥미를 쫓다가 가해자의 목소리를 대변 하는 게 아닌가 오해를 살 우려가 있는 응모작도 있었다. 문 학은 사회적 약자의 목소리를 대변해 주어야 하며 미니픽션 이라고 해서 다르지 않다.

최종심에 올라온 12편의 작품 〈12월의 살해사건〉, 〈내 친 구의 집〉, 〈차별〉, 〈죽음의 냄새〉, 〈재생산〉, 〈블랙 아웃〉, 〈관〉, 〈원죄에 대하여〉, 〈당신의 사막〉, 〈친애하는 작가님〉, 〈이야기가 들썩들썩〉, 〈발화〉 가운데, 탄탄한 문장력과 작가 의 창의력이 돋보이는 작품도 다수였고, 심사위원들은 많은 고민과 의논을 했다. 하지만 탄탄한 문장력을 가진 작품은 너무 현학적이었고 창의력이 돋보인 작품은 마무리가 허술해서 당선작으로 하기에는 허점이 많았다. 안타깝지만 깊은 고민 끝에 이번에는 당선작을 내지 않기로 했다.

응모해 주신 많은 분에게 송구한 마음을 전하며 이번에 응모한 작품들을 잘 숙성시켜 다음 기회에 다시 볼 수 있기를 진심으로 바란다.

무크지『미니픽션』은
여러분의 도움으로 제작됩니다.

미니픽션 작품이
민들레 씨앗처럼 널리 날아갈 수 있도록
후원을 부탁드립니다.

### 정기구독 / 후원 계좌

구독료 : 1년 2만원, 2년 4만원, 3년 5만원

신한은행 110-210-310430 조데레사

※ 정기구독시 성함과 연락처, 주소를 메일로 보내주시면
책을 발송해드립니다.

### 한국미니픽션작가회 가입 및 문의 메일

minifiction@daum.net

### 한국미니픽션작가회 카페

https://cafe.daum.net/mini-fiction

※ 일반회원 작품방에 작품을 게재하시면
심사를 거쳐 다음 무크지에 싣습니다.

카페 접속 QR코드

# '비둘기 모텔'이 초대하는 미니픽션의 세계

# 『비둘기 모텔』

이하언 지음 | 240쪽 | 값 18,500원

'비둘기 모텔'은 미니픽션 작가로 꾸준히 활동하고 있는 소설가 이하언의 첫 미니픽션 작품집이다. 그의 글을 읽다 보면 그가 타고난 이야기꾼이라는 생각이 절로 든다. 그는 지금 우리 가까이에서 일어나고 있을 법한 여러 사건들을 예리한 눈으로 꿰뚫어보며 섬세하게 관찰하고 재구성해 글에 대한 몰입도를 극대화하고 있다.

그래서 어디서고 잠시 잠깐 읽을 수 있는 짧은 한 꼭지, 한 꼭지의 글을 읽다 보면 어느 한때 내 이야기인 듯한 그곳, 그 시간에 다녀온 것처럼 가슴을 관통하고 지나가는 강렬한 전율을 느끼게 만들 것이다.

# '문학'에는 아주 많고 많은 것들이 살고 있어요.
## 어디, 창문을 활짝 열고 한 번 내다볼까요?

"아휴, '문학'에는 『아라비안나이트』만큼이나 할 이야기가 많네요. 저곳으로 함께 가 볼래요? 하고 싶은 말, 서로 보태어 봐요. 즐겁게 춤도 출 수 있어요.

앞으로도 '행복한 문학'을 나침반으로 삼으며 멋지고 근사한 여행을 하고 싶어요. 저의 문학세계는 즐거운 에움길이랍니다."

언덕 위의 〈Rhyme House〉에서 임나라

# 『밥 태우는 엄마』

**40년 전 하늘 마을의 사랑을 통해
처음 본 임나라 작가는 착하면서도 보기 드문**

## 감성 동화작가이다.

작품 하나하나 속에 사람 사는 냄새가 녹아 있고 자신이 천사 같은 생활을 하듯 힘들고 아픈 사람들을 위한 선물 같은 작품을 쓴다. 참 힘든 아이들을 만날 때마다 천사 같은 마음으로 후원하고 격려해 준다. 그리고 그 아이들이 꿈을 잃지 않도록 자신의 작은 힘이나마 보태고 싶어 애를 쓴다.

책을 통하여 아이들의 빈구석을 채워 주고 상처도 치료해주려고 노력한다. 따라서 문학이 갖고 있는 힘을 통해 아이들에게 희망을 주고 싶은 것이다. 동화집 『밥 태우는 엄마』 역시 밥과 엄마를 등장시켜 재미를 더해 준다. 이번엔 사람 냄새 물씬 나는 동화 속으로 여러분들을 초대하고 싶다.

_ 김명수(충남문인협회 회장, 시인)

도서출판 시아북                 글·임나라 그림·김현숙 | 변형신국판 | 152쪽 | 2023. 6. 25. | 값 13,000원

"아무것도 기댈 데 없는 막막한 허공으로
　나뭇가지를 뻗는 힘은 어디서 올까?"

# 카멜레온의 노래

2025 미니픽션 Vol. 7

ⓒ 한국미니픽션작가회, 2025

초판 1쇄 발행 2025년 2월 25일

지은이        한국미니픽션작가회
발행인        배명희
편집장        서빈
편집위원      노길용, 이성우
주소          서울 마포구 월드컵북로 56 401호
이메일        minifiction@daum.net
카페          http://cafe.daum.net/mini-fiction
홈페이지      www.minifiction.co.kr


펴낸이        이기봉
편집          좋은땅 편집팀
펴낸곳        도서출판 좋은땅
주소          서울특별시 마포구 양화로12길 26 지월드빌딩 (서교동 395-7)
전화          02)374-8616~7
팩스          02)374-8614
이메일        gworldbook@naver.com
홈페이지      www.g-world.co.kr

ISBN    979-11-388-4030-9 (03810)